D1727305

Ulrich Effenhauser / Autos, Elstern, Lampengeister

Ulrich Effenhauser

Autos
Elstern
Lampengeister

11 Geschichten

Mit Linoldrucken von Sigrid Effenhauser

BUCHVERLAG

Bibliographische Information der Deutschen Bibliothek:
Die Deutsche Bibliothek verzeichnet diese Publikation in
der Deutschen Nationalbiographie;
detaillierte bibliographische Daten sind im Internet unter
http://dnd.ddb.de abrufbar.

ISBN 978-3-934863-81-1

Umschlaggestaltung und Satz: Susanne Pasquella Berndobler
Mit Linoldrucken von: Sigrid Effenhauser

www.mz-buchverlag.de
© MZ Buchverlag GmbH, Regensburg 2010
Ulrich Effenhauser / Autos, Elstern, Lampengeister

Inhalt

VON ELSTERN UND LAMPENGEISTERN

I

KUMSAL UND DIE KÜCHE

Am Vormittag des 7. Februar sah man einen bemantelten Menschen in der Halle C des Wertstoffhofes in einen grünen Container steigen. Vorbeigehende Angestellte klapperten mit den Zähnen, weil es sehr kalt war, und schüttelten den Kopf. Der Mann aber grub sich in dem Container immer weiter nach unten, warf Blechdosen und Eisenteile über seine Schulter und schien allmählich zu versinken.

Als man nur noch seine Pudelmütze sah, ertönte auf einmal ein Jubelgeschrei aus dem grünen Container, und man hätte glauben können, ein Schatz, eine Goldader oder reiche Ölvorkommen seien entdeckt worden. Gleich darauf reckte der Mann einen Gegenstand wie einen Siegerpokal in die Höhe. Es war eine Lampe, und bei näherem Hinsehen konnte man erkennen, dass es sich um eine abgestoßene, verbeulte, krumme, orientalisch geformte, antike Öllampe handelte, offensichtlich nachgemachter Plunder. Die beiden Angestellten in ihren orangenfarbenen Arbeitsuniformen gingen vorüber, schüttelten den Kopf und klapperten mit den Zähnen, weil es so kalt war.

„Vielleicht ham's eam dahoam an Strom obgstellt", mutmaßte der eine und pustete in seine Hände, während weiterhin wahnwitziges Freudengelächter aus dem grünen Container hallte.

„Oda er braucht noch schnell n' billijes Jeschenk", sagte der andere und zog sich die Mütze über die Ohren.

Alles begann am 3. Oktober um halb fünf.

Ute und Walter waren bereits seit drei Jahren zusammen. Sie saßen in der Küche seiner Altbauwohnung im vierten Stock und unterhielten sich, und wenn man durch das Fenster schaute, dann sah es so aus, als würden sich die Domtürme eben-

falls unterhalten. „Hoffentlich nicht über das gleiche Thema!",
dachte sich Walter. Ute wollte ihn nämlich wieder einmal davon
überzeugen, dass er eine neue Küche brauchte.

„Der Schrank sieht aus wie ein Filmmöbel aus den 70ern,
wenn ich ihn anschau', hab' ich sofort ‚Mendocino‘ und ‚Hossa, hossa‘ im Ohr! Ekelhaft! Außerdem ist er aus Sperrholz. Die
Spülmaschine tropft, und der Boden wellt sich. Dass man eine
Stufe heruntergehen muss, um in die Küche zu gelangen, ist
auch scheiße. Und der Gipfel der Hässlichkeit ist diese scheuß-
liche Öllampe!"

Walter war Archäologe und hing an allem, was alt war. Und
wie immer, wenn es um seine Küche ging, verteidigte er sie mit
dem Argument, dass doch alles noch einwandfrei funktioniert,
dass die Möbel schon überall mit ihm hingezogen sind, dass man
eben nicht immer alles so machen muss wie die andern, dass es
beim Wohnen um Menschen geht und nicht um Möbel! Und
dass die Öllampe ein Andenken von früher ist und wahrscheinlich Wünsche erfüllen kann. „Okay, momentan hat sie vielleicht

eine kleine Blockade, das geb' ich zu, aber das ist ja auch kein Wunder, wenn ständig so über sie geredet wird!"

Was die Öllampe anbelangte, verstand Ute jedoch keinen Spaß; die Lampe stammte nämlich von einer ihrer Vorgängerinnen, einer Zahnmedizinstudentin aus München, die das alte Ding vor zehn Jahren auf einem Flohmarkt gekauft und Walter zum Geburtstag geschenkt hatte, und da Ute krankhaft zur Eifersucht neigte, war ihr dieses Andenken nicht nur aus ästhetischen Gründen ziemlich verhasst.

Was nun folgte an diesem 3. Oktober war neu. So neu, dass Walter glaubte, der rechte Domturm würde wackeln und der Boden in der Küche sich nicht nur wellen, sondern beugen, biegen und drehen.

„Also, wenn du willst, dass wir zusammenbleiben und dass ich hier einziehe, dann muss eine neue Küche her! Du hast die Wahl! Ich oder deine nostalgische Müllhalde!"

Das war heftig! Damit war nicht zu rechnen! Und aus Verblüffung sagte Walter – er wusste nicht, warum – den folgenschweren Satz: „Aber die Öllampe bleibt!", und erst beim Sagen dieses Satzes fiel ihm auf, dass er einer Kapitulation gleichkam. Utes Augen bekamen schlagartig einen Ausdruck, der aus Triumph, Tüftelei und Kaufrausch zusammengemischt war, sie sah aus wie eine Heilige während einer Vision, ihre Entrückung war so groß, dass sie gar nicht bemerkte, wie Walters Blick tränenschwer auf dem vergilbten Rudi-Völler-Bild haftete, das aus dem Jahr 1988 stammte und mit Leukoplast an dem klobigen Küchenschrank festgeklebt war.

Am 23. Oktober, kurz vor der Tagesschau, breitete Ute in Feldherrenpose auf dem alten, grün lackierten Küchentisch ihren computergestylten Plan aus: In der Mitte stand ein s-förmiger Designertisch aus Wildbuche; davor, wie ein großes O mit zwei Metern Durchmesser, die Kücheninsel mit Herd und Dunstabzug. An der einen Wand befanden sich der weiße Küchentresen, zwei Meter achtzig lang, und die schwarz-weißen Barhocker; an der anderen eine Küchencouch aus schwarzem Leder, daneben ein Schwedenofen; links und rechts davon je eine beleuchtbare Vitrine aus Buche mit getöntem Glas und Reliefhoblung sowie eine etwas leidend wirkende Gipsskulptur; unter der Dachschräge der vollautomatische Ofen, der aussah wie ein weißer Würfel; darüber ein Mansardenfenster; neben dem Ofen die Spüle aus weißem Marmor mit Temperaturanzeige, integriertem Wasserkocher und automatischer Entkalkungsfunktion. Dann der schwarze Kühlschrank, darüber ein großer Flachbildfernseher mit Internetanschluss, daneben eine schlangenförmig nach oben gewundene Stehlampe in S-Form. Schwarz-weiße Schachbrettfliesen in der Küchenhälfte, versiegeltes Hochkantlamellenparkett aus Nussbaum in der Wohnhälfte.

„Und? Was sagst du?"

Walter musste sich seine Worte genau überlegen. Es kam bei der Antwort auf jede Silbe an, auf jede Betonung. Vorschnelle Freude hätte als Heuchelei ausgelegt werden können, zu langes Schweigen als Bockigkeit. Ein „Hm" war zu vermeiden, ein „Tja" sowieso, ein Kratzen am Kopf wäre verräterisch gewesen, und am liebsten hätte er Ute gefragt, ob das SOS in der Küche Absicht ist – man weiß ja nie, wann man beim Kochen einmal in Not gerät –, aber ein solcher Satz wäre zu gefährlich gewesen, und daher entschied er sich als Ausweichtaktik für eine Interessensfrage.

„Ich wusste gar nicht, dass die Küche so groß ist?"

„Ach ja, das habe ich dir noch gar nicht gesagt, die Wand zwischen der Küche und dem Wohnzimmer wird natürlich herausgebrochen."

Jetzt war der Moment gekommen, an dem ein Kratzen am Kopf unvermeidlich war.

„Markus, ein alter Schulfreund von mir, ist Architekt, ich hab' ihm die Pläne des Hauses gezeigt, und er hat gesagt, das lässt sich leicht machen, die Wand ist nicht tragend."

„Aber vielleicht ist sie nachtragend!"

„Jetzt lass mal deine blöden Witze! Was meinst du? Gefällt's dir?"

„Ich kann die alte Öllampe nirgends sehen."

„Also, das ist doch nun wirklich nebensächlich, von mir aus kannst du sie aufs Fensterbrett stellen."

„Was soll der Spaß kosten?"

„Um die fünfzehntausend Euro, einen Tausender hin oder her?"

Nun war es an der Zeit, SOS zu funken! Fünfzehntausend Euro! Einen Tausender hin oder her! Walter fühlte kurzzeitig einen brennenden Schmerz an der Stelle, wo ihm vor vier Jahren der Blinddarm entfernt wurde. Dann erinnerte er sich an eine schmerzhafte Episode aus seiner Kindheit, als er einmal bei einem Fußballspiel aus Versehen den Pfosten gerammt und sich eine Wadenprellung mit Bluterguss zugezogen hatte. Allmählich kam er wieder zu sich. Er bemerkte, dass Ute ihn mit ihrem Blick, der nun gar nichts Heiliges mehr hatte, an die Küchenwand nagelte, an die er letztes Jahr mit Wachs Munchs „Der Schrei" gepaust hatte, wonach ihm in diesem Moment auch zumute war.

„Du hast es versprochen!", sagte sie.

Walter schaute auf das 1990er Paninibild von Lothar Matthäus am Kühlschrank. Was würde der wohl in so einer Situation tun? Höchstwahrscheinlich sich trennen und eine Jüngere nehmen!

„Außerdem sind wir letztes Jahr nicht in Urlaub gefahren!", sagte sie.

Walter fühlte, wie sich der Boden wellte und ihm das Wasser bis zur Nasenspitze schwappte. Er ging gerade mit seiner alten Küche unter.

Am Vormittag des 9. 11. wurde die alte Küche in den Wertstoffhof transportiert. Am Nachmittag rissen die Handwerker die Wand ein, und ein hartnäckiger, omnipräsenter weißer Nebel machte sich in der Wohnung breit.

„Wie passend …", sagte Walter, der daneben stand und hustete, „der Tag des Mauerfalls …"

„Jetzt bleib mal ruhig!", sagte Ute abends am Telefon. „Du wirst schon keine Staublunge bekommen. Und spätestens an Silvester ist die Küche fertig. Markus hat alles durchgeplant!"

„Kann schon sein", antwortete Walter, der versuchte, seiner Stimme einen kratzigen Unterton zu geben, „aber momentan schaut es fürchterlich aus. Der Donaudurchbruch ist ein Dreck dagegen. Hoffentlich kriegt der Nikolaus keinen Lungentumor, wenn er demnächst vorbeikommt. Ein Nervenzusammenbruch wäre auch möglich."

Am 21. 11. um 11.30 Uhr war der Zahnarzt und Kieferchirurg Dr. Karl Brückmeier gerade dabei, bei seinem 55-Jährigen Patienten Herrn Johannes Bausch, wohnhaft in der Westendstraße 4, eine Vitalextirpation vorzunehmen. Nachdem er den Zahn mit dem Kofferdam isoliert und die Pulpa sowie nekrotisches Material entfernt hatte, desinfizierte er den Wurzelkanal mit H_2O^2-Lösung. Gerade war er im Begriff, mit der rotierenden Niti-Feile den ziemlich gekrümmten Kanal maschinell zu weiten, als plötzlich das koaxiale Licht des Operationsmikroskops und die gesamte Operationsbeleuchtung ausfielen, die Feile verstummte, der Computer einen absterbenden Ton von sich gab und Herr Bausch, der seit dem Beginn der Behandlung verkrampft und angstvoll an die Praxisdecke geblickt hatte, einen Ausdruck annahm, der nun eher entsetzt und panisch wirkte.

„Das darf gar nicht passieren, wir haben doch Notstrom!", versuchte Dr. Brückmeier vergeblich, seinen Patienten zu beruhigen, und als nach ungefähr fünf Minuten das koaxiale Licht und die Operationslampen immer noch nicht wiederaufleuchteten, die Niti-Feile immer noch nicht rotierte, der Computerbildschirm immer noch schwarz war und sich Herr Bausch mit zitternden Händen an den OP-Stuhllehnen festkrallte, da die Wirkung der Betäubung allmählich nachließ, klopfte jemand an die Praxistür.

„Entschuldigen Sie die Störung", sagte Walter mit einer Gesichtsfarbe, die so vanille-weiß war, wie sich Ute die Fliesen des Schachbrettbereichs vorstellte, „ich fürchte, ich habe gerade die Stromleitung des Hauses lahmgelegt. Ich habe den Hausmeister bereits verständigt."

„Sind Sie von Sinnen!?", brüllte der Kieferchirurg, und seine Stimme war ein Bohrer in Walters Ohren. „Ich bin gerade bei einer Zahnwurzel, Mann! Wenn der Strom nicht binnen zwei Minuten funktioniert, werde ich Sie im Namen meiner Patienten auf Schmerzensgeld verklagen! Was in aller Welt haben Sie Unglücksmensch nur angerichtet?"

„Ich habe mit der Stichsäge aus Versehen in die Wand geschnitten. Nur ein paar Zentimeter!"

„Sie sind verrückt, Mann! So was kann Sie das Leben kosten! Sind solche Arbeiten im Haus überhaupt erlaubt? Haben Sie das angemeldet?"

Die Patienten, die im Wartezimmer saßen, gafften, die Arzthelferinnen Yvonne, Gabi und Svetlana kümmerten sich um Herrn Bausch, der mittlerweile in Ohnmacht gefallen war, und Walter merkte, wie sein Unterhemd zu einem feuchten Lappen wurde, der an seinem Rücken klebte. Dr. Brückmeier eilte zu Herrn Bausch und führte eine Pulsmessung durch, und Walter, der das dringende Bedürfnis hatte, sich zu entschuldigen, wagte sich bis zur Schwelle des Operationsraums vor.

„Ich bitte vielmals um Verzeihung", sagte er in völliger Auflösung, nachdem Herr Bausch aus seiner Ohnmacht wieder aufgewacht war, „ich habe aus Versehen mit der Stichsäge in die Zahnwurzel geschnitten. Nur ein paar Zentimeter." Während Walter der hasserfüllteste Blick, den er jemals erhalten hatte, von Dr. Brückmeier entgegengeschleudert wurde, während Gabi sich fassungslos an die Stirn griff und während die anderen Patienten in den Behandlungsraum glotzten, geschah es, dass Herr Bausch erneut jegliche Kontrolle über seinen Körper verlor und – im Gegensatz dazu – alle Geräte reihum wieder zum Leben erwachten.

„Wie konntest du nur so leichtsinnig sein! Von nun an", sagte Ute am Abend zu Walter, der mit 38,8 Grad Fieber im Bett lag und einen zu heißen Baldriantee an seine Lippen führte, „von nun an machen wir alles nur noch mit Fachleuten! Auch wenn's ein wenig mehr kostet. Markus wird uns helfen, ich werde ihn gleich anrufen."

„Da bin ich aber beruhigt", antwortete Walter und verbrannte sich die Zungenspitze.

Am 5. 12. um 10.05 Uhr begann der Bodenlegermeister Erwin Prötsch mit seinem Azubi Marvin Goglberger in der Eigentumswohnung in der Silbernen Fischgasse 16 den alten Fußboden herauszureißen. Nach der Begradigung des Estrichs und der Verlegung der Auflageleisten machten die beiden Handwerker etwa um 12.10 Uhr Pause. Bei dieser Gelegenheit wurde Marvin Goglberger von seinem Chef nach unten zum Firmenwagen geschickt, um die Wurstsemmeln und die Bierflaschen heraufzuholen. Als Marvin unten angekommen war, ertönte sein Klingelton „Poker Face" von Lady Gaga.

„I bin's. Nimm den Auftragszettel ausm Handschuhfach mit auffa! Net dass ma'n doch no mit'm andern verwechseln."

Marvin öffnete das Handschuhfach, holte beide Aufträge heraus, wusste aber nicht mehr genau, ob er sich gerade in der Silbernen Fischgasse 16 oder in der Martin-Luther-Straße 21 befand, sodass er noch einmal aussteigen und zu einem Hausnummernschild laufen musste. Nachdem er auf diese Weise festgestellt hatte, dass es sich um die Silberne Fischgasse handelte, kehrte er um und dachte gerade an die Leberkässemmel und die zwei Flaschen Helles, die er noch aus dem Lieferwagen holen musste. Da sah er, etwa zwanzig Meter entfernt, auf dem Bürgersteig den Umriss einer weiblichen Person, und all seine Sinne bündelten sich zu einer einzigen Vorstellung zusammen.

Das Klacken ihrer Lederstiefel hörte sich an wie das Hämmern beim Einfugen von Parkettstücken; ihre weißen, hautengen Jeans, deren Risse nackte Haut durchschimmern ließen, weiteten sich weiter oben zu prallen Hüften; der Bauch war frei, das Glitzern eines Pearcings war immer deutlicher zu erkennen; ein weißes, enges Männerhemd wölbte sich in die Breite und Spitze; die braune Lederjacke war viel zu klein und viel zu eng; um den Hals schlang sich eine Art von Pelz; der Lippenstift lachte schwarz; ihre Hand mit den langen, bunten, beblümten Fingernägeln fuhr in den blondierten Scheitel; ihre braunen Augen hatten die Farbe des Mahagoniparketts, das er gestern in einem Firmenprospekt gesehen hatte.

Als sie vorüber war, kam Marvin wieder zu Besinnung und nahm den Auftrag für die Martin-Luther-Straße 21 mit nach oben, der nach dem Verzehr von Wurstsemmeln und Bier sogleich fertiggestellt wurde, indem die 20 Millimeter dicken Verlegeeinheiten fachmännisch und professionell angeleimt und festgefügt wurden.

Am Abend desselben Tages standen Ute und Walter auf dem fertigen Boden und waren begeistert.

„Heute bin ich dran", sagte Walter. „Ich lad dich zum Essen ein. Italienisch, Thailändisch, Indisch oder Chinesisch?"

„Haben wir schon alles durch. Wie wär's einmal mit traditionell? Schweinsbraten beim Kneitinger?"

„Sehr gut, da bin ich gleich dabei!"

Walter griff zu seiner Jacke und holte sein Portemonnaie aus der Brusttasche. Das Beste an der ganzen Küchenbaustelle war, dass man jeden Tag einen Grund hatte, essen zu gehen!

„Markus kommt übrigens auch mit, hab' ich dir das schon gesagt?"

Walter überprüfte die Geldscheine.

„Langsam wird's Zeit, dass wir wieder selber kochen können", sagte er.

Am 20. 12. um 15.55 Uhr lieferten Hans Kreuzpointner und Ahmed Nurgül von Möbel Mayer die beiden beleuchtbaren Designvitrinen an. Der Trick an der Sache war – das hatte sich Ute genial einfallen lassen –, dass die Vitrinen, von denen jede einzelne 599 Euro kostete, ohne Zwischenräume direkt an Fußboden und Decke anschlossen, weswegen sie nur vor Ort zusammengebaut werden konnten.

„Die werden wie durch Zauberhand in der Wohnung versenkt und sehen dann aus wie zwei antike Säulen. Und oben abwischen muss man sie auch nicht", hatte Ute ein paar Tage vorher dem halb zuhörenden Walter gesagt, der gerade ein Buch über die Geschichte der Holzgewinnung las und „hätt' ich sowieso nicht gemacht!" als Antwort zurückbrummte. „Hast du übrigens gewusst, dass Holz schon in der Steinzeit das wichtigste Arbeitsmaterial war?", fuhr er fort, mit dem Blick in dem Buch. „Mir tun die vielen Bäume leid, die nur dafür umgebracht werden, dass wir auf ihnen rumlatschen oder Kaffeetassen auf sie draufstellen." Ute schüttelte den Kopf und vertiefte sich in die Zeitschrift „Schöner wohnen", die sie mittlerweile abonniert hatte.

Als nun die beiden Schreiner die Rückseiten der Vitrinen an die Wand anlegen wollten, stellte sich heraus, dass Marvin Goglbergers Fehlgriff vom 5. 12. Konsequenzen hatte. Der Abstand vom Boden bis zur Decke betrug nämlich nicht, wie geplant, drei Meter und 13, sondern lediglich drei Meter und 12,5 Zentimeter. Dafür kochte und speiste die Familie Wittmann in der Martin-Luther-Straße 21, ohne es zu merken, einen halben Zentimeter tiefer. Die Folge war, dass die Vitrine nicht an die Wand passte und der Boden um einen halben Zentimeter abgeschliffen werden musste. Zu allem Übel sollte aber bereits übermorgen die neue Küche angeliefert werden.

„Ich rufe sofort Markus an, der kann uns sicher helfen", sagte Ute.

Walter sagte nichts und blickte aus dem Fenster. Die Domtürme waren eingehüllt von dichtem Nebel, und es sah fast so aus, als ob irgendwo in der Stadt eine große, nachtragende Wand eingerissen worden wäre.

„Wenn die Parkettfirma morgen Zeit hat, ist die Sache kein Problem und wir können die Weihnachtsgans wie geplant in der neuen Küche braten", sagte Ute.

„Und wenn nicht?"

„Dann weiß Markus sicher eine andere Parkettfirma, die morgen Zeit hat."

„Wo ist eigentlich die alte Öllampe hingekommen?"

„Die hab' ich in den Abstellraum verfrachtet, hinter deine Laufschuhe."

„Ich sollte mal dran reiben. Vielleicht kommt ein Geist heraus – der kann uns sicher helfen."

Am zwölften Tag des Monats Muharram im Jahre 186 des islamischen Kalenders hauchte Kumsal al-Bedhwan im Kalifenpalast von Bagdad seinen Geist aus.

Kumsal al-Bedhwan war ein Eunuch der Prinzessin Zobaida, der Lieblingsfrau des hochmächtigen und weitberühmten Kalifen Harun al-Raschid, welcher im Jahre 179 den indischen Elefanten Abul Abbas von Bagdad bis nach Aachen treiben ließ, um ihn Karl dem Großen zum Geschenk zu machen.

Ansonsten war der Eunuch Kumsal ein gemütlicher, dickleibiger Mensch, dem gutes Essen und seine Ruhe immer das Liebste waren. Er diente der Prinzessin und dem Kalifen gerne, allerdings machte ihm das lange Stehen beim Wachehalten seit längerem zu schaffen.

Seine letzten Lebenstage nun wurden leider überschattet von einem Streit mit seiner Herrin. Diese hatte nämlich den Auftrag gegeben, ihren Harem mit neuen Säulen, Mosaiken und Wandmalereien auszustatten. Außerdem ließ sie einen noch größeren Teich für ihre Zierfische errichten und eine Wand einreißen, um den Tanzsaal mit dem Spielzimmer zu verbinden. Bei diesen Arbeiten geschah es, dass der Eunuch – in Gedanken an die nächste Speise – beim Transport eines Polstersessels aus Seide so unglücklich stolperte, dass er die wunderschöne Haremsdame Hanifa anrempelte, woraufhin diese kopfüber in den neu errichteten Zierfischteich stürzte und beinahe ertrunken wäre, hätte ein Diener sie nicht aus dem Becken gezogen. Da bei diesem Zwischenfall der Lieblingsregenbogenfisch der Zobaida vor Schreck umkam und zwei kostbare Schmetterlingsbarsche aus China in ein Blumenbeet geschwemmt wurden, wo der eine in den Fängen einer fleischfressenden Pflanze sein Ende fand und der andere an einem Kaktusstachel, war der Zorn der Prinzessin nicht mehr zu besänftigen.

Obwohl Kumsal seine Unschuld tausendundeinmal beteuerte, ließ Zobaida ihn dennoch mit der neunschwänzigen Katze auspeitschen, da sie erstens glaubte, Kumsal habe sich in einem schwachen Moment von der Schönheit der Hanifa zu dem verbotenen Körperkontakt hinreißen lassen, und da sie zweitens öffentlichen Auspeitschungen und Handabhackungen recht gerne beiwohnte.

Beim neunzehnten Hieb mit der Peitsche schwor Kumsal, er werde nicht eher ruhen, bis dass er sich an der Prinzessin gerächt habe, und wenn er sterbe, ohne sich gerächt zu haben, werde er bis in alle Ewigkeit als Flaschengeist sein Dasein fristen. Beim vierundzwanzigsten Hieb ereilte den Eunuchen, dessen körperliche Konstitution aufgrund seines Hangs zur Schlemmerei nicht mehr die beste war, ein Herzanfall, der zur Folge hatte, dass er sein Gelübde nicht mehr einlösen konnte und sein Geist sich in eine Öllampe verflüchtigte, die auf dem Basar von Bagdad für einen viertel Dinar feilgeboten wurde.

In den Märchen sind die Flaschengeister mit ihrer engen Behausung meistens sehr unzufrieden und möchten, indem sie ihren Herren drei Wünsche erfüllen, unbedingt wieder in die Freiheit gelangen. In Wirklichkeit ist es aber so, dass diese Wesen oftmals gar nicht so unglücklich sind über ihr Dasein in einer Flasche, Lampe, Schatulle, Büchse oder Dose. Ganz im Gegenteil genießen sie sogar die Ruhe und Abgeschiedenheit in dem kleinen Behältnis, das für sie die Welt bedeutet, und sie freuen sich, von der richtigen Welt nichts mehr hören und sehen zu müssen.

Ein solcher Geist war auch der Eunuch Kumsal. Schon immer hatte er zur Bequemlichkeit geneigt, die er nun in vollen Zügen ausleben konnte. Statt sich über sein missglücktes Gelübde zu grämen, machte er es sich in einer Ecke der Öllampe gemütlich und freute sich darauf, einmal richtig ausschlafen zu können, ohne ständig einer pingeligen Prinzessin zu Diensten sein zu müssen. Dass er einfach nur daliegen konnte, statt ständig stehen zu müssen, war zudem eine Wohltat für seine geplagten Füße.

So merkte der schlafende Lampengeist Kumsal nicht, wie die Lampe im Laufe der Jahre, Jahrzehnte und Jahrhunderte von Bagdad nach Damaskus, von Damaskus nach Palermo, von Palermo nach Pisa, von Pisa nach Venedig, von Venedig nach Budapest, von Budapest nach Salzburg, von Salzburg nach Burghausen, von Burghausen nach München und von München nach Regensburg wanderte, als Ware, Geschenk, Fundstück oder Diebesgut. Kumsal lag in seiner Lampe und verschlief die Zeiten. Auch die Versuche mancher Besitzer, durch Reiben vielleicht einen Lampengeist hervorzurufen, bemerkte er nicht und träumte stattdessen von Speisen, Palästen und von der wunderschönen Hanifa.

Eines Tages aber war es soweit, er wurde durch ein heftiges Erdbeben aufgeweckt. Die Lampe musste auf den Boden gefallen sein, Kumsal kugelte von einer Wand an die andere. Er rieb sich die Augen und machte sich ein Bild von der Lage: Eine Frau hatte die Lampe in eine Schachtel geworfen und mit anderen Sachen auf ein Regal gestellt, wo der ekelhafte Geruch von stinkenden Füßen in Kumsals feine Nase strömte. Viel hatte er nicht von der Frau gesehen, aber sie erinnerte ihn schicksalhaft an die Prinzessin Zobaida. Es dauerte noch ein paar Tage, bis Kumsal nach seinem jahrhundertelangen Schlaf richtig wach wurde und die Zusammenhänge erkannte: Es war tatsächlich die Zobaida, auch wenn sie sich mittlerweile anders kleidete. Sie war wieder einmal mit Renovierungsarbeiten beschäftigt, und immer wenn sie an der Lampe vorbeikam, sagte sie: „Das hässliche Ding darf nicht in die neue Küche!" Der Kalif ließ sich ebenfalls ab und an blicken, vor allem wenn er die stinkenden Schuhe vom Regal herunternahm und nach ein oder zwei Stunden noch stinkender als vorher wieder zurückstellte.

Es war fürchterlich! Und als die Frau wieder einmal unter ihm vorbeihuschte und sagte: „Wie bring ich Walter nur dazu, das hässliche Teil wegzuwerfen?", verlor Kumsal all seine Bequemlichkeit, und sein Rachegelübde fiel ihm wieder ein. Er wusste auch schon, wie er die Prinzessin, die von Walter Ute genannt wurde, für das Auspeitschen und für das lange Stehen bestrafen konnte – als Flaschengeist verfügte er schließlich über magische Kräfte . . .

Zuerst sorgte er dafür, dass Walter mit der Stichsäge in die Wand schnitt und bei der Zahnarztpraxis der Notstrom nicht funktionierte. Dann erschuf er eine wunderschöne Fata Morgana, die er die Straße entlang schreiten ließ, um den Bodenlegergesellen zu verwirren, der prompt den falschen Auftrag in die Hand nahm. Danach ließ er den Parkettbodenmeister, den Markus verständigt hatte, in eine andere Wohnung fahren, deren Boden fälschlicherweise abgeschliffen wurde. Als dann das Parkett in Walters Wohnung nach Weihnachten endlich doch ausgebessert wurde, produzierte Kumsal einen erneuten Stromausfall und Wutausbruch des Zahnarztes Dr. Brückmeier. „Gott sei Dank muss ich Sie nicht mehr lange ertragen und bin bald in Rente!", schrie dieser Walter an. Als Nächstes ließ Kumsal den Zahnarzt beim Denkmalschutz anrufen, der einen Mitarbeiter vorbeischickte und Anzeige erstattete, denn die Wohnung hätte wegen ihres historischen Alters ohne vorherige Zustimmung des Denkmalschutzes gar nicht renoviert werden dürfen, zumal ein Freund des berühmten Renaissance-Malers Albrecht Altdorfer hier gewohnt haben soll. Ein paar Tage später wurde auf Betreiben Kumsals statt eines s-förmigen Wildbuchentischs ein l-förmiger Eichentisch angeliefert. Kalif Walter sagte daraufhin: „Jetzt heißt es nicht mehr SOS, sondern LOS – na, das passt ja auch sehr gut, denn in dieser Küche ist wahrhaftig der Teufel los!" und verbrannte sich mit einem zu heißen Beruhigungstee die Zungenspitze. Prinzessin Ute telefonierte anschließend stundenlang mit Markus. Als dann die Maler die Wand der Wohnhälfte aus Versehen mit einem knalligen Mango-Orange und nicht, wie vereinbart, terrakottafarben strichen, kam es zwischen Ute und Walter zum ersten Mal zu einem Streit, der damit anfing, dass Walter sagte: „Hängen wir halt einfach ein Schild hin mit der Aufschrift ‚Vorsicht! Bissige Wand!'" Utes Kopf verfärbte sich wie die Sonne, wenn sie hinter einem Bagdader Minarett unterging, und dann platzte sie los: „Du immer mit deinen Späßen! Manchmal glaube ich, du nimmst das Ganze hier nicht ernst!"

Schon gestikulierten die beiden wild mit den Händen und schrien einander an, wobei Walter Markus dafür verantwortlich machte, dass alles schief lief, und Ute die Öllampe, von der, wie sie brüllte, ein unguter Geist ausgehe. „Und außerdem sieht sie einfach scheiße aus!"

Nach dem Streit telefonierte Ute mit Markus, beschwerte sich Dr. Brückmeier wegen der Lautstärke, stellte sich heraus, dass bei der Mücheninsel die Anschlüsse falsch verlegt waren, sodass der Dunstabzug lossurrte, wenn man links unten die Kochplatte einschaltete, und der vollintegrierte Wasserkocher lossprudelte, wenn man den Herd auf 120 stellte. Außerdem wurden, wenn man am Kühlschrank ins Internet ging, die E-Mails von Dr. Brückmeier abgerufen, was – wie der T-Online-Fachmann am Telefon erklärte – daran lag, dass die Datenübertragung per Stromnetz in so einem alten Gemäuer „scho a weng durchanander laffa ko". Die letzte Sache hatte übrigens einen Vorteil, denn nun hatte Walter etwas gegen den Zahnarzt in der Hand, falls dieser Walter doch noch verklagen würde, was er jedes Mal ankündigte, wenn er nach oben stürzte.

Kumsal indes rieb sich in seiner Lampe die Hände, sein Rachefeldzug war ein voller Erfolg. Am 1. 2. jedoch wurde er aus einem kleinen Nickerchen aufgeweckt, als seine Lampe von einer Frauenhand vom Regal heruntergeholt wurde. Nach einer kurzen Autofahrt landete er unsanft neben Blechdosen, Kronkorken, einem verbogenen Fahrradschutzblech und einer durchlöcherten Auspuffwanne, wobei ihm der ekelhafte Gestank von altem Fisch, Katzenfutter und nassem Rost in die Nase stieg.

Nachdem Walter am 5. 2. das Fehlen der Öllampe bemerkt und er Ute zur Rede gestellt hatte, gelang es ihm am 7. 2. um 11.15 Uhr das verbeulte Erinnerungsstück ausfindig zu machen und zu bergen.

In diesen zwei Tagen hatten alle rätselhaften Probleme auf ebenso rätselhafte Weise plötzlich ein Ende gefunden: Die alten Fehler konnten beseitigt werden und keine neuen waren mehr dazugekommen.

Um 17.29 Uhr saß Walter am „S"-Tisch und schaute durch das Fenster auf die Domtürme, hinter denen blass-rot die Sonne unterging. Er grübelte.

Um 17.41 Uhr läutete das neue Telefon. Ute war dran. Es tue ihr Leid, es sei aus, sie sei bei Markus, er verstehe sie besser, Walter und sie hätten sich auseinandergelebt, es gehe nicht mehr.

Walter war sprachlos.

Auf dem LCD-Bildschirm erschien eine Blondine, dann folgten die Bilder von einem Flugzeugabsturz, darunter waren die Börsenwerte. Er würde seine paar Aktien wohl verkaufen müssen, um sich die Klagen vom Zahnarzt und vom Denkmalschutz leisten zu können, überlegte er sich. Er schaute ins Leere und erinnerte sich an den „Schrei" an der alten Küchenwand, dann an die Panini-Aufkleber, an die knarrenden Dielen, an die klemmenden Schubläden, an den grün lackierten Tisch. Er sah die

Öllampe an, die er aus dem Container herausgeklaubt hatte, und fürchtete, verrückt zu werden. Er streckte die Hand aus und rieb an der Lampe. Natürlich kam kein Geist mit Rauch und Getöse heraus, wie konnte er nur an so etwas glauben.

Jetzt ging Walter am Kühlschrank ins Internet, ließ sich den „Schrei" von Edvard Munch ausdrucken und nagelte das Bild an die Terrakottawand, schief und ohne Rahmen.

Da knackte etwas! Risse entstanden in der Wand, es bröselte an der einen Ecke und rieselte an der anderen. Die Wand schien einzustürzen! Doch es blätterte aus irgendeinem Grund nur der Putz ab. Immer mehr Farbschichten kamen dabei zum Vorschein und lösten sich herunter, Walter stand schon in einem knöchelhohen Haufen grüner, roter, weißer, brauner und grauer Farbplättchen, bis schließlich das wundersame Gerieselt aufhörte und eine Figur sichtbar wurde, die an einem Holztisch saß, einen Becher Wein in der Hand hielt und einer anderen Figur zuprostete. Ein Gemälde war es, 16. Jahrhundert, wie Walter schätzte, Seccotechnik, wahrscheinlich wurden Temperafarben verwendet.

Ein Kollege von der Uni untersuchte das Bild am nächsten Tag. „Walter, das ist großartig! Das Gemälde ist wahrscheinlich von Albrecht Altdorfer!"

Die Fachwelt jubelte, die Zeitungen waren voll von dem Ereignis, sogar im „Spiegel" erschien ein Artikel: Ein Archäologe aus Regensburg habe eine kunsthistorische Sensation freigelegt und ein verschollenes Wandgemälde von Altdorfer entdeckt.

Am 23. 3. erhielt Walter ein Schreiben vom Denkmalschutz, das er mit mulmigem Gefühl öffnete. Es war anzunehmen, dass es sich um eine Vorladung oder etwas Ähnliches handelte. Walter las: „... möchten wir Ihnen mitteilen, dass die unzulässig erfolgte Renovierung Ihrer Küche als kunsthistorisch-archäologisches Forschungsprojekt eingestuft wird, und ziehen unsere Klage vom 29. 12. letzten Jahres zurück. Aus entsprechenden Fördertöpfen überweisen wir Ihnen für Ihre anerkennenswerte Arbeit einen Betrag von 15 000 Euro."

Noch bevor Walter den Brief richtig zu Ende gelesen hatte, läutete es an der Tür. Wahrscheinlich wieder Dr. Brückmeier, dachte er. Walter machte auf. Eine Frau stand im Halbdunkel des Treppenhauses vor ihm.

„Guten Tag, ich wollte mich nur vorstellen, ich habe die Praxis von Dr. Brückmeier übernommen. Margarete Hermes ist mein Name."

Walter drückte auf den Lichtschalter, und da fiel ihm ein, dass er an der Öllampe gerieben hatte.

„Hallo Maggie, das ist aber schön, dass du dich mal wieder blicken lässt."

Die Dame schaute verblüfft und wusste nicht, was sie sagen sollte.

„Du hast mir mal zum Geburtstag eine alte Öllampe geschenkt, kannst du dich erinnern?"

Ein Lächeln deutete sich an, und in der Wohnung von Walter saß Kumsal in seiner Lampe und rieb sich die Hände, denn die Dame gemahnte ihn derart an die wunderschöne Hanifa, die er vor Jahrhunderten einmal in einen Zierfischteich gestoßen hatte, dass er beruhigt wieder einschlief.

II

Es war einmal eine wunderschöne Stadt, mit Türmen, Brücken, Kirchen und Kopfsteinpflaster. Im Sommer ging man in die Parks, las Bücher oder spielte Ball, im Winter verzog man sich in die Wohnung, drehte den Ölofen auf, sodass er laut bullerte, hielt eine Tasse Tee in der Hand und schaute auf die Straßen, auf denen schwarze Mäntel mit Einkaufstaschen nach Hause eilten. In dieser wunderschönen Stadt lebte, in einer engen, dunklen Seitengasse, Nepomuk Buchecker. Nepomuk Buchecker war ein Künstler. Zumindest sagten das die Leute. Er stellte aus Draht und Pappe kleine Vögel her: Spatzen, die pickten; Amseln mit Würmern im Schnabel; Tauben, die sich aufplusterten; Schwalben, die ihren Nachwuchs fütterten; Finken, die gerade auf einer Stromleitung landeten. Alle sahen sie so täuschend echt aus, dass man meinen konnte, sie würden gleich durch die Lüfte flattern.

Im Sommer bastelte Nepomuk in seinem kleinen Atelier über den Dächern der Stadt seine Vögel, immer in der Nacht, da er nicht gut schlafen konnte. Im Winter verkaufte er sie auf den Märkten. Reich wurde er dabei nicht. Aber er konnte sich Strom, Essen, Öl und ein Fahrrad leisten, und in den Urlaub musste er sowieso nicht fahren, da er ja in der schönsten Stadt lebte, die man sich nur vorstellen kann. Tagsüber lag er in einem Park, las ein Buch oder schaute den Vögeln zu, wie sie Wasser aus dem Teich schlürften, wie sie die Lüfte durchkreuzten, wie sie sich anzwitscherten.

Ging es Nepomuk einmal nicht so gut, dann sagte er sich: „Unglück bringt Glück!" Und ging es ihm einmal zu gut, dann sagte er sich: „Glück bringt Unglück." Daher ging es Nepomuk nie schlecht, und wenn die Preise für Bücher, Öl, Strom und

Wasser wieder einmal erhöht wurden, dann überkam Nepomuk im Sommer ein kurzer Anfall von Fleiß, und er fuhr mit seinem Fahrrad und seinem Anhänger durch die Stadt, um den Leuten seine Vögel zu verkaufen. Meist sah man ihn dann nach ein paar Tagen wieder im Park liegen, mit einem zufriedenen Gesicht und den Augen im Himmel.

Manchmal sagten die Leute zu ihm, er solle doch auch etwas anderes machen als immer nur Vögel. Wenn er zum Beispiel Mäuse, Hunde, Schweine oder Insekten anfertigen würde, dann könnte er viel mehr verdienen und müsste sich nicht ständig Sorgen machen, ob er über die Runden kommt. In solchen Fällen schüttelte Nepomuk energisch den Kopf und antwortete: „Geld bringt Unglück!"

Dass er immer nur Vögel bastelte, hing mit seinem schwarzen Kater Dimitri zusammen. Es gab nämlich Zeiten, da hatte er auch Füchse gemacht und Pferde. Aber dann hatte Dimitri einen furchtbaren Unfall: Eines schönen Tages war der Kater nach seinem dritten Frühstück kurz vor Mittag durch das Ate-

lierfenster hinausgeschlüpft, hatte noch ein wenig die Lage geprüft, war die Katzentreppe hinuntergeklettert, auf den Mülleimer von Herrn Hasenknecht gesprungen und gemütlich in Richtung Park geschlendert, um einen Vogel für sein Mittagessen ausfindig zu machen, denn Vögel waren ihm das Liebste. Da preschte plötzlich mit überhöhter Geschwindigkeit ein Auto durch die Gassen und schrammte Dimitris linke Hinterpfote, die noch am gleichen Tag vom Tierarzt amputiert werden musste. Seitdem konnte Dimitri keine Vögel mehr jagen, und Nepomuk Buchecker entschloss sich, von nun an nur noch Vögel zu machen. Immer, wenn er in seinem kleinen Atelier mit Draht, Pappe, Farbe und Kleber hantierte, lag Dimitri in einer mit Heu gefüllten Schuhschachtel daneben und schlief. Wenn dann der Vogel langsam Gestalt annahm, wachte der dreibeinige Kater, wie wenn er es gerochen hätte, auf, setzte sich hin, sah aus wie auf der Jagd, schnupperte und zog die Augen zusammen. Und wenn Nepomuk sagte: „So Dimitri, der Fink ist fertig!", dann sprang der Kater mit seinen drei Beinen vom Schuhkarton auf die Werkbank, fuhr genüsslich seine Krallen aus, schnappte sich den Vogel, tanzte mit ihm einen dreibeinigen Tanz und trug ihn in das kleine Eck neben dem Ölofen, wo er ihn zärtlich beschnurrte. Nach ein paar Minuten tat Dimitri so, als sei der Vogel verspeist, und Nepomuk besserte mit Farbe die Kratzer aus und stellte den Vogel zu den anderen.

Dieser Unfall war auch der Grund, warum Nepomuk ein Problem mit der Obrigkeit hatte. Denn es stellte sich heraus, dass das Auto nur deswegen so schnell gefahren war, weil es sich um einen Dieb gehandelt hatte, der von einem Polizeiwagen verfolgt wurde. Und weil Nepomuk nicht wusste, wie der Dieb hieß und wo er wohnte, gab er also der Polizei die Schuld an der Behinderung seines Katers. Er schrieb ans alte Polizeipräsidium einen Beschwerdebrief, beklagte sich darüber, dass doch wenigstens die Polizei die Geschwindigkeitsbestimmungen kennen müsste, und forderte die Polizeipräsidentin der Stadt auf, dem Kater eine

Entschädigung zu zahlen, nämlich jährlich hundert Dosen Katzenfutter und jeden Sonntag ein Hühnchen oder eine Ente. Wie man sich denken kann, schob die Polizeipräsidentin in ihrem Antwortschreiben die ganze Schuld auf den Verbrecher und betonte, dass die Polizei zum Schutz der Bürger manchmal eben zu schnell fahren müsse. „Dann hätte man den Dieb halt anders fangen müssen", sagte Nepomuk und streichelte Dimitri über das Fell. „Ein bisschen Intelligenz kann man doch selbst von der Polizei verlangen."

Als Nepomuk dann auch noch einen Strafzettel bekam – den ersten seines Lebens –, weil er mit seinem Fahrrad und seinem Anhänger auf einem Behindertenparkplatz parkte, war sein Zorn perfekt. Nepomuk war nämlich an diesem Tag mit Dimitri im Anhänger zum Park gefahren, damit der arme Kater einmal wieder seine alten Vogelfreunde sehen konnte, und daher weigerte er sich, das Strafgeld zu bezahlen, da Dimitri doch nachweislich behindert war. Wutentbrannt stürmte er also mit dem Kater auf die nächste Polizeistation, um sich zu beschweren, erntete aber nur Kopfschütteln und Lachen. „Niemals", so schwor Nepomuk danach, „niemals werde ich einen meiner Vögel an einen Beamten verkaufen, denn die haben schon einen!"

Und dann kam die Zeit, zu der sich merkwürdige Dinge ereigneten in der wunderschönen Stadt. Zuerst erhielt Nepomuk einen Brief, der genauso aussah, wie die Rechnungen und Mahnungen, die ihm irgendwelche Ämter in regelmäßigen Abständen zusandten, um ihm zu zeigen, dass es sie auch noch gab. Nepomuk ballte den Brief, ohne ihn durchgelesen zu haben, zu einem Papierknäuel zusammen und warf ihn Dimitri vor die Nase. Dieser war hocherfreut, schnappte sich das Ding mit der Schnauze, tänzelte ein paar Mal auf seinen drei Beinen darüber hinweg und zog sich mit dem Knäuel schnurrend in die Ofenecke zurück. Als Nepomuk es schließlich wegwerfen wollte, überflog er zufällig eine Zeile und bemerkte, dass es sich doch nicht um eine Rechnung oder eine Mahnung handelte, sondern, ganz im Gegenteil, um einen Auftrag! Er sollte etwas modellieren, etwas Großes, für ein neues Amtsgebäude. Er sollte aber so kostensparend wie möglich arbeiten, stand in dem Brief. Das Geld, das er dafür erhalten sollte, war so viel, wie er in einem ganzen Winter mit seinen Vögeln verdiente!

Nepomuk wunderte sich nicht wenig, denn wer in Gottes Namen würde bei einem solchen Auftrag ausgerechnet an ihn denken? Es gab doch genügend andere Künstler in der Stadt, die einen besseren Ruf hatten als er. Auch fiel ihm sein Schwur wieder ein, und er hatte vor, sich stolz zu stellen und einen Ablehnungsbrief zurückzuschreiben. Nepomuk hielt den Stift schon in der Hand, dachte dann aber an Dimitri und daran, dass er das viele Geld eigentlich für ihn verwenden könnte, und so sagte er sich: „Geld bringt Glück!" und nahm den Auftrag an. Erzählen wollte er jedoch niemandem davon . . .

Das Nächste, was merkwürdig war, war der Nebel. Da die Stadt gleich an drei Flüssen lag, war Nebel nichts Besonderes. Oft war es so, dass der graue Teppich, der sich über die Häuser gelegt hatte, erst gegen Mittag ein paar Löcher bekam, durch die die Sonnenstrahlen und der blaue Himmel hereinschimmerten. Dann zog jemand an den Fransen und Fäden, der Teppich löste sich auf, und am Nachmittag glänzten die Flüsse wie geschmolzene, blaue Diamanten, und die Menschen lachten. Manchmal, wenn es Herbst war, hielt sich der Nebel auch für mehrere Tage, und im Winter vermischte er sich oft mit dem Schneegeriesel zu einer weißgrauschwarzen Watte, in der die Straßenlaternen erstickten und überall magische Stille herrschte, da alle Worte von dem düsteren Ungeheuer verschluckt wurden.

Doch in dieser Zeit hatte sich der Nebel nicht nur ein paar Tage, sondern ein paar Wochen eingenistet. Die Meteorologen standen vor einem Rätsel, nur über der Stadt hatte sich der zähe Dunst ausgebreitet, fuhr man jedoch eine halbe Stunde in irgendeine Richtung, so herrschte strahlender Sonnenschein. Die Menschen wurden trübsinnig und träge, man schleppte sich zur Arbeit, grüßte gereizt, war von jedem Handgriff ermattet; man sah Verkäuferinnen mit der Wange auf der Kasse schlafen, ganze Busse hörte man schnarchen, und ein Arbeiter soll sich auf einem Fließband zur Ruhe gelegt haben, sodass er beinahe von einer Maschine in Plastikfolie eingeschweißt worden wäre, wäre nicht sein Kollege, der die Maschine bediente, rechtzeitig aufgewacht.

Die dritte Merkwürdigkeit, die sich in diesen Tagen zutrug, bemerkte Nepomuk auf seinen Fahrten durch die Stadt. Denn arbeiten konnte er nur nachts, und er hatte sich angewöhnt, vorher mit seinem Rad ziellos von Platz zu Platz zu fahren. Er liebte dabei das Holpergeräusch seines Anhängers auf dem alten Kopfsteinpflaster, vor allem dann, wenn etwas drin war. Einmal lehnte er sein Fahrrad am anderen Ende der kleinen Eisenbrücke, die über den Fluss führte, an eine Laterne, spazierte ein wenig durch die Gassen und genehmigte sich in einem Wirtshaus Bratwürste und Bier. Dann schlenderte er noch ein wenig herum, betrachtete den finster dahinstrudelnden Fluss, und als er zurückkam, fiel ihm auf, dass bei den Rädern, die neben dem seinen standen, etwas fehlte. Bei einem war es der Sattel, beim anderen der Mantel des Hinterrads, beim nächsten waren es die schwarzen Plastikgriffe am Lenker. Weiter konnte er wegen des Nebels nicht sehen, doch es war anzunehmen, dass auch bei den anderen Rädern etwas abhanden gekommen war. Nepomuk dachte nicht weiter darüber nach, fuhr heim und machte sich an die Arbeit, die ganz neu für ihn war. Dimitri lag daneben, schlief und wartete vergeblich auf seinen Vogel.

Am nächsten Tag entschloss sich Nepomuk, in den Dom zu gehen, dessen Turmspitzen in den Nebel ragten. Die letzten Besucher waren gerade dabei, das riesige Gebäude zu verlassen, als sich Nepomuk durch die enge Seitentür zwängte. Er schlenderte ein wenig herum, betrachtete die Säulen, die Grabplatten, den Altar, die Beichtstühle. Dann setzte er sich, betete für Dimitri, die Vögel und die Menschen. Hinter ihm waren noch Schritte zu hören, jemand verließ den Dom, er war alleine. Und als er hinausgehen wollte, sah er, dass den Gebetsbüchern die schwarzen Einbände mit dem Goldkreuz fehlten, die er beim Betreten des Doms noch bemerkt hatte. Nepomuk kümmerte sich nicht weiter darum, er setzte sich auf sein Fahrrad mit dem kleinen Anhänger, fuhr nach Hause und machte sich an die Arbeit, die ihm immer mehr Spaß bereitete. Dimitri lag daneben, schlief und wartete vergeblich auf seinen Vogel.

Am nächsten Abend war Nepomuk wieder unterwegs. Er kurvte ziellos herum, schaute, soweit der Nebel es erlaubte, grübelte. Die matten Lichtkegel von anderen Radfahrern schimmerten ihm entgegen, aber es wurden immer weniger, denn er war an einer einsamen Ecke der Stadt angelangt. Er stieg ab, lehnte sein Gefährt an einen Baum, schlenderte ein wenig herum, schob mit seinem Fuß einen Haufen Blätter beiseite, freute sich, dass seine Arbeit so gut gelang. Dann sah er, als er zurückging, wie ein anderer Radfahrer beim Überqueren der Straße beinahe stürzte, da er offenbar über eine Unebenheit gefahren war: Es fehlte nämlich in der Mitte der Straße der weiße Strich auf dem Asphalt! Stattdessen war nur ein Loch zurückgeblieben, und weiter vorne war es auch so. Nepomuk ließ sich nicht beeindrucken, kehrte nach Hause zurück und widmete sich seinem Auftrag, der ihn voll und ganz in Anspruch nahm. Dimitri lag daneben, schlief und wartete vergeblich auf seinen Vogel.

So ging es auch in den nächsten Tagen weiter, und immer mehr Menschen, mit denen Nepomuk sprach, hatten ähnliche Erlebnisse. Herrn Semmelweck wurde über Nacht die Parabolantenne auf dem Dach entwendet, dem Modeladen „Outfit" hat man das „O" gestohlen, und Herrn Hasenknecht fehlte die Mülltonne. Allerdings hat der Täter den Müll, den er auf die Straße gekippt hatte, wieder feinsäuberlich zusammengeklaubt und in die Mülltonne von Frau Wetterspeck gesteckt, und als Frau Wetterspeck Herrn Hasenknecht darauf aufmerksam machte, bekam Herr Hasenknecht einen ziemlich roten Kopf und sah aus wie ein ertappter Schuljunge.

Die seltsamen Diebstähle breiteten sich über die ganze Stadt aus. Bei einer Kirche fehlten frühmorgens plötzlich die Zeiger, wie man im Nebel schemenhaft erkennen konnte. Das Verkehrsamt beklagte sich, dass mehrere noch nicht bedruckte Autokennzeichen aus einem Büro gestohlen wurden. Wertgegenstände wurden jedoch nicht angerührt. Ein Touristenschiff, das unten am Fluss ankerte, kam eines Tages keinen Meter mehr vorwärts, da, wie sich herausstellte, die Schiffsschraube heruntermontiert worden war. An öffentlichen Gebäuden wurden Türklinken herabgeschraubt, der Bürgermeister musste einen Handwerker kommen lassen, um das Rathaus betreten zu können. Die Stadtkasse jedoch blieb seltsamerweise verschont, und das, obwohl sie der Kämmerer aus Versehen nicht in den Safe zurückgelegt hatte. Er war nämlich überstürzt aus seinem Büro aufgebrochen, da ihm seine Frau am Telefon mitgeteilt hatte, dass mehrere Dachtaschen und außerdem die Gardinen des oberen Stocks fehlen würden. „Bei dem Nebel kann uns eh keiner ins Haus schauen", hatte der Kämmerer ratlos in den Hörer geseufzt und war nach Hause geeilt.

Obwohl kostbare Gegenstände also immer an ihrem Platz blieben, ging dennoch die Angst um in der Stadt. Die Zeitungen berichteten jeden Tag in immer größer werdenden Artikeln über die Diebstahlserie. Der Meteorologe gab Hoffnung und sagte, in höchstens zwei Tagen sei der Nebel weg und die Sonne würde scheinen. Als eine Woche später immer noch dichter, zäher, undurchdringlicher Nebel herrschte, kam es zu ersten Übergriffen, eine Rauchbombe wurde dem Meteorologen durch die Scheibe mitten ins Wohnzimmer geworfen, und die Antenne der Wetterstation wurde an dem einen Tag mit Kaugummi verklebt, um am nächsten Tag völlig zu fehlen. Die Polizeipräsidentin selbst schaltete sich ein und ließ eine Sonderkommission einrichten. Diese fand heraus, dass die entwendeten Gegenstände allesamt schwarz oder weiß waren. Bei dem Raub zweier großer Kartenständer aus den Hörsälen der Universität sei dieser Umstand sehr deutlich geworden, denn angeblich sei der Dieb in mehrere Räume eingebrochen, habe aber die graublauen und die silberfarbenen Kartenständer verschmäht und nur die schwarz lackierten mitgenommen.

Nepomuk Buchecker schien die Hysterie um die geheimnisvollen Vorkommnisse im Gegensatz zu allen anderen nicht angesteckt zu haben. „Herr Buchecker, Sie müssen sich unbedingt eine Alarmanlage zulegen!", warnte ihn Frau Wetterspeck ganz aufgebracht. „Wer weiß, ob der Dieb nicht doch einmal ans Geld geht, und vielleicht ist er sogar gefährlich! Also, ich habe mir das neueste Modell gekauft, meine Wohnung ist jetzt bombensicher!" Nepomuk hörte gar nicht richtig hin, denn er hatte in der letzten Zeit nur noch seine Arbeit im Sinn – und das Geld, das er dafür bekommen würde, die Rente für Dimitri. Dieser schlief weiterhin im Schuhkarton neben Nepomuks Arbeitsbank, auf der so viel gearbeitet wurde, wie noch nie zuvor. Nur manchmal blickte er verwundert auf, wenn der sonst so gemütliche Nepomuk sich lauthals ärgerte, weil ihm schon wieder ein Ersatzteil ausgegangen war.

Die Einzigen, die von der ganzen Krise profitierten, waren tatsächlich die Verkäufer von Alarmanlagen. Doch so sicher, wie Frau Wetterspeck meinte, waren diese Geräte nicht. Schon zwei Tage, nachdem sie mit Nepomuk gesprochen hatte, stellte sie beim Einschalten ihres Computers fest, dass die schwarze Maus fehlte, und Herr Hasenknecht erzählte, dass man einem Verwandten von ihm sogar die Alarmanlage selbst geraubt hat.

Eines Nachts waren Nepomuk und die Polizei gleichzeitig am Tatort. Man wollte dem Dieb eine Falle stellen und verstreute schwarze und weiße Gegenstände in der ganzen Stadt, absichtlich nichts Wertvolles. Im Foyer eines Kinos vergaß man beispielsweise einen schwarzen Metallkoffer, in die alte Schottenkirche hängte man ein strahlend weißes Kruzifix aus Plastik, an eine Laterne auf der Brücke aus Stein kettete man ein Moped mit einem schwarzen Helm. „Irgendwo wird der Dieb schon zuschlagen", sagte die Polizeipräsidentin, „und dann geht er uns ins Netz!" Bei jedem dieser Orte hatte man außerdem einen Polizisten oder eine Kamera versteckt.

Nepomuk wusste davon nichts und machte wie immer seine abendliche Tour durch die Stadt – in der Hoffnung, Eingebungen für seinen Auftrag zu bekommen. Mehrere Tage lang hatte sich nichts getan, und die Polizei glaubte bereits, der Plan sei verraten worden. Der Polizist, der die Brücke aus Stein überwachte, saß seit Stunden über dem Eingangstor zur Stadt und wollte schon ans Präsidium melden, dass sich nichts, aber auch überhaupt nichts tat.

Da trat gegen halb zwölf auf der anderen Seite der Brücke eine Gestalt aus dem Nebel. Langsam schlenderte sie an das Moped heran. Zufälligerweise war Nepomuk auch gerade in der Gegend. Die Gestalt sah sich mehrmals um und kam dem Moped immer näher. Der Polizist legte sein Funkgerät zur Seite und kramte Photoapparat und Pistole hervor. Als er aber auf den Auslöser der Kamera drücken wollte, verdichtete sich auf einmal der Nebel in einer solchen Weise, dass sich die Gestalt, die ungefähr zwanzig Meter von ihm entfernt war, auflöste und verschwand. Der Polizist stürzte die Treppe des Turms hinunter, stieß durch die Türe, rannte auf das Moped zu, und als er schnaufend angekommen war, waren sowohl die Gestalt als auch der Helm als auch das Moped nicht mehr da. Stattdessen fuhr Nepomuk, der von der anderen Seite der Brücke kam, aus dem Nebel heraus und bremste ab. „Haben Sie eine verdächtige Person gesehen?", fragte der Polizist Nepomuk ziemlich durcheinander. „Sie muss in Ihre Richtung gelaufen sein!" – „Nein, leider, ich habe nichts bemerkt. Der Nebel ist ja auch viel zu dicht, man kommt sich vor wie in einer Kanne Kaffee." Der Polizist rannte nun in die Richtung, aus der Nepomuk gekommen war, und tauchte im Nebel unter. „Sie schulden mir noch 157 Dosen Katzenfutter und 78 Hühner oder Enten!", rief Nepomuk dem Polizisten hinterher, dessen schnelle Schritte noch ein wenig hallten, bis sie ganz vom Nebel verschluckt wurden. Dann schaute sich Nepomuk um, fuhr mit seinem Rad und seinem Anhänger, der auf dem alten Kopfsteinpflaster so wunderschön klapperte, nach Hause und arbeitete bis in die tiefe Nacht hinein. Am nächsten Tag stand in der Zeitung: „Dieb beinahe gefasst! Wagemutiger Polizist auf der Brücke aus Stein bewusstlos geschlagen!", und Frau Wetterspeck sagte zu Nepomuk: „Ich habe es doch gewusst, der Mensch ist gefährlich! Ich würde mir an Ihrer Stelle auch eine Pistole zulegen, man weiß ja nie!"

Nun kam der Tag, an dem Nepomuk sein Werk der Öffentlichkeit präsentieren sollte. Es herrschte immer noch Nebel, und Nepomuk fuhr in aller Frühe mit Herrn Hasenknechts Lieferwagen dorthin, wo zur Mittagszeit seine Skulptur enthüllt werden sollte. Dimitri, der das Autofahren an sich verachtete, saß am Beifahrersitz und schien es nicht erwarten zu können, das fertige Kunstwerk – so wie früher seine Vögel – in Besitz zu nehmen. „Immer schön langsam", sagte Nepomuk zu Dimitri, „Ungeduld bringt Unglück!"
Immer mehr Menschen versammelten sich vor dem neu errichteten Polizeipräsidium, auf dem nun ein etwa drei Meter hoher und sechs Meter langer Gegenstand in eine Plane eingehüllt dastand. Nepomuk war ziemlich aufgeregt, da die Leute tuschelten und grinsten. Kurz vor Mittag traten der Bürgermeister, die Polizeipräsidentin und Nepomuk auf das Podest neben dem Kunstwerk, und Dimitri schnupperte ungeduldig an der Plane und an den Seilen. Auch er war ziemlich nervös, denn irgendetwas wartete auf ihn, das konnte er riechen. Als der Bür-

germeister eine seiner berüchtigten Reden halten wollte, ereignete sich plötzlich eine neue große Merkwürdigkeit: Die Sonne, die sich schon mehrere Wochen nicht mehr hatte blicken lassen, brach ein Stück aus der Nebelwand und blitzte auf die verhüllte Statue herunter. Die Leute deuteten in den Himmel, raunten und jubelten, sodass die Worte des Bürgermeisters untergingen. Immer mehr bröckelte die graue Wand, und zum Vorschein kamen Licht und Blau. Als die Menge sich wieder gefasst hatte, war es endlich soweit, das Kunstwerk wurde nun enthüllt: Man zog an den Seilen, die Plane rutschte herunter, und ein lautes Schweigen griff um sich. Die Münder der Menschen rundeten sich, manche wischten sich die Augen, andere schlugen sich mit der Handfläche auf die Stirne. Frau Wetterspeck fiel in Ohnmacht, Herr Hasenknecht brach in lautes Kichern aus, der Bürgermeister kratzte sich auf der Glatze, und die Polizeipräsidentin bekam ein rotes Gesicht. Zum Vorschein kam ein Konstrukt, welches die Welt noch nicht gesehen hatte, und die Angst und das Unwissen, die in den letzten Wochen in der Stadt geherrscht hatten, lösten sich auf wie der Nebel.

Von weitem sah das Kunstwerk aus wie ein Vogel, wie eine große Elster! Sie hatte einen langen, schwarzen Schnabel, war schwarz und weiß gefiedert, stand auf zwei schwarzen Beinen und hatte einen Zettel im Schnabel. Die Leute, die etwas näher standen, sahen jedoch, woraus die Elster gemacht war: Der Schnabel war ein schwarzer Regenschirm. Die Augen waren zwei Kameras, wie sie bei Alarmanlagen verwendet werden. Der Kopf bestand aus einem schwarzen Motorradhelm. Die Beine waren zwei Kartenständer, die auf langen, weißen Asphaltbrocken standen. Die Federn der Flügel waren auf der Oberseite zusammengenähte Ledereinbände mit einem kleinen goldenen Kreuz darauf, auf der Unterseite waren es weiße Gardinen. Der Rumpf bestand aus mehreren Parabolantennen. All diese Gegenstände waren mit dicken, steifen Drahtseilen verbunden, und man konnte sogar in das Innere des Vogels blicken, das aus Kameraetuis, Autokennzeichen, Schachbrettern, Koffern, Stromleitungen, Klinken, Dachtaschen, Fensterbrettern, Pflanzentöpfen, Autoreifen, Fahrradsatteln, Wassereimern, Duschköpfen, Leitzordnern, Lampenschirmen, Gartenschläuchen, Fernbedienungen und Fußbällen bestand. Eine Mülltonne war ebenso dabei wie eine weiße Schiffsschraube und Frau Wetterspecks Computermaus, die offensichtlich die Rolle der Gallenblase bekommen hatte. Und auf dem Zettel im Schnabel stand geschrieben: „Schenken bringt Glück – kostensparend errichtet dank vieler Spenden!"

Als die erste Verblüffung vorüber war, hörte man immer mehr Menschen kichern. Manche brachen in hysterisches Gelächter aus, manche wurden geschüttelt von Lachanfällen, manche heulten sogar! Nur der Bürgermeister hatte ein strenges Gesicht und sagte zu Nepomuk: „Das wird Konsequenzen haben! Sie wandern ins Gefängnis!" – „Vorher würde mich aber noch interessieren, warum gerade ich den Auftrag bekommen habe." Da zog die Polizeipräsidentin etwas aus ihrer Tasche. Nepomuk meinte zuerst, es seien Handschellen oder eine Pistole. Aber es war ein Photo, ein Bild von einer wunderschönen weißen Katze mit drei Beinen. „Das ist Natascha. Sie hatte einmal einen furchtbaren Unfall …"

Das Ende der Geschichte ist schnell erzählt: Nepomuk wanderte tatsächlich ins Gefängnis, aber nur kurz. Denn die Bürger der Stadt sammelten Unterschriften für seine Freilassung. Es kam zum Bürgerentscheid, und Nepomuk wurde nach ein paar Monaten aus dem Gefängnis entlassen. Verantwortlich für die Unterschriftenaktion war niemand anderes als die Polizeipräsidentin. Sie war es auch, die Dimitri aufgenommen hatte, während Nepomuk im Gefängnis saß. Dimitri schlief nun also nicht mehr im Schuhkarton auf Nepomuks Werkplatte, sondern im Schuhkarton auf dem Schreibtisch der Polizeipräsidentin, gleich neben dem Schuhkarton, in dem Natascha schlief. Und da Dimitri dieser Schuhkarton besser zu gefallen schien als der im Atelier, zog Nepomuk bei der Polizeipräsidentin ein, die ein paar Monate später sogar zur Bürgermeisterin gewählt wurde. Die beiden heirateten und wurden glücklich miteinander. Die Elster steht noch heute vor dem Polizeipräsidium und macht die wunderschöne Stadt noch wunderschöner, und einen so schlimmen Nebel wie damals hat es in der wunderschönen Stadt nie wieder gegeben.

UNWAHRSCHEINLICH WAHR

III

Allgemeines Klopfen, Chefkonstrukteur Dr. Peter Dives steht auf: „Vielen Dank, Herr Sörensen, für Ihre Präsentation! – Meine Damen, meine Herren, ich glaube, mit so viel Craftsmanship werden wir BMW auch in Zukunft nach vorne bringen! Nächste Woche erwarte ich weitere Ergebnisse. Guten Abend!"

Dr. Dives werden noch ein paar Blätter hingehalten, die er ohne Durchlesen unterschreibt. Er geht in sein Büro, löst den Krawattenknoten, öffnet den Glasschrank. Er nimmt zwei Rotweinflaschen heraus, betrachtet die Etiketten und entscheidet sich dann für den Châteauneuf. Er schenkt sich ein Glas ein, ignoriert den blinkenden Anrufbeantworter und lässt sich in den Ledersessel fallen.

Minutenlang starrt er in die Finsternis über der Stadt. Die Warnsignale von Flugzeugen leuchten auf. Die Lichter der Häuser sehen aus wie Sterne, die Welt ist auf den Kopf gestellt.

War es richtig, der kleineren Karosserie den Vorzug zu geben? Schmitt-Heinlein, das alte Arschloch, wird opponieren, die Krise ist auch traditionell zu überstehen, wird er auf der Vorstandssitzung sagen. Aber die Aktionäre werden publikumswirksame Innovationen begrüßen, und gerade in diesem Punkt muss man den asiatischen Markt im Auge haben.

Dives schaltet den LCD-Fernseher ein. Irgendeine von diesen History-Sendungen läuft gerade; jubelnde Menschen sitzen auf der Berliner Mauer; Trabbis fahren über die Grenze und hupen; „... *damit das wieder zusammengefügt wird, was zusammengehört*", posaunt Willy Brandt in den Berliner Nachthimmel.

Richtig, heute vor zwanzig Jahren ist die Mauer gefallen.

Dives nimmt einen Schluck und schaltet um.

Ständig diese unerträglichen Liebesschnulzen!

Günter Jauch ermittelt gerade einen neuen Kandidaten. „Die folgenden Außenminister sollen chronologisch geordnet werden: Hans-Dietrich Genscher – Walter Scheel – Klaus Kinkel – Heinrich von Brentano." Im Bühnenhintergrund ist das Brandenburger Tor zu sehen.

Dives trinkt das Glas leer, steht gelangweilt auf und geht zur Vitrine. Vielleicht ist der andere ja doch besser. Er entkorkt den Sassicaia, den er für 120 Euro im Internet geordert hat. Soll laut dem Küchenchef vom „Lenbach" gar nicht so schlecht sein.

„Am schnellsten war mit sieben Sekunden … Frau Berit Carus aus Potsdam. Ich darf Sie nach vorne bitten", hört er Günter Jauch sagen, während er den Rotwein einschenkt.

Soll er heimfahren?

Seit der Scheidung steht er immer wieder vor der Frage, ob er die einsamen Abende zu Hause angenehm findet oder armselig.

Nein, er bleibt noch ein wenig, vielleicht fällt ihm ja noch eine Lösung für das Dämpfungsproblem ein.

„Frau Berit Carus aus Potsdam, 38 Jahre, Lehrerin für …"
„Deutsch und Kunst."

Dives dreht sich um!

Die kennt er!

Wir im Trabbi, das erste Mal auf einer westdeutschen Autobahn. Alles war größer hier, die Autos, die uns wie ein ewiglanger Zug überholten, die Leitplanken, die Schilder. In Celle mussten wir tanken. Die Wessis in ihren Luxusmobilen hatten ein mitleidiges Grinsen auf den Lippen. Wir kauften uns ein Mars, eine Cola und ein Sandwich mit Thunfisch. Im Wagen küssten wir uns eine Ewigkeit lang und fuhren weiter, Richtung Süden. In Bregenz das erste Mal die Alpen, dann der Bodensee. Es nieselte. Wir fuhren einfach so dahin, als ob wir niemals etwas anderes getan hätten. Als es dunkel wurde, waren wir mitten in Frankreich. Auf dem Rasthof kurz vor Lyon hätten wir beinahe nicht mehr an uns halten können. Keiner konnte schlafen auf dem Beifahrersitz, wir waren hellwach vom neuen Leben. Bei Orange fuhren wir von der Autobahn herunter, kauften Baguettes und ein paar Flaschen Rotwein, parkten irgendwo. Es war kalt, aber uns war warm vor Zukunft und Euphorie. Als wir aufwachten in unseren Russenpelzen, sahen wir den Mont Ventoux in den nebligen Himmel ragen und fuhren weiter zum Theater von Orange, dem „Dekadenzbau der Sklavenhaltergesellschaft". Außer uns saß niemand auf den regennassen Rängen. Das Russenreich bricht gerade zusammen so wie damals das Römerreich, sagte sie auf den obersten Stufen und strich mir mit ihren schönen Fingern die Regentropfen aus dem Gesicht.

„Wen haben Sie mitgenommen?"
„Meinen Sohn Paul."
„Wie alt ist er denn, ihr Sohnemann?"
Ihre Mimik hält die Frage für unpassend.
„Im August war er neunzehn."

44

„Ich meinte nur, Sie sehen ja nicht gerade aus, als ob Sie einen neunzehnjährigen Sohn hätten."

Sie lächelt.

Es ertönt die Spannungsmusik. Jauch liest vor: „Von welcher Band stammt die Wendehymne ‚Wind of change'? – a) von den Pythons – b) von den Vipers – c) von den Scorpions – d) von den Kobras?"

„Das müssten die Scorpions sein!"

„Hamm'Se die Scheibe zu Hause?"

„Nee, wir hatten keinen Plattenspieler damals; 'nen CD-Player schon gar nicht. Gab's den damals überhaupt schon? Ich kenn das Lied nur ausm Radio."

„CD-Player hat's da schon gegeben. Also im Westen . . . – Na, vielleicht kaufen'Se sich das Album von den 50 Euro, die Sie gerade gewonnen haben!"

Applaus.

„Hier die zweite Frage: Wie heißt ein in der DDR beliebtes Naturprodukt? – a) Uckermarkzwetschge – b) Elbsandsteintomate – c) Oderbruchrübe – d) Spreewaldgurke."

„Das ist die Spreewaldgurke."

„Das ist … richtig! Sie haben hundert Euro. – Gibt übrigens einen Gurkenradweg im Spreewald, den bin ich letztes Jahr mal mit Kind und Kegel entlanggegurkt."

„Ja, den kenn ich auch, viele Störche gibt's da und sogar Seeadler. Wunderschön zum Malen ist die Gegend!"

In Assisi kauften wir uns Brote mit Tomaten und Mozzarella, Franziskus-Kreuze und Rotwein. Selbst die billigste Sorte war wie Sonnenaufgang nach jahrelanger Nacht. Auf einem Autobahnparkplatz vor Rom tranken wir uns aneinandergeschlungen in den Schlaf. Es war stockdunkel, als wir gierig aufwachten. Ihre langen blonden Haare hingen dabei in mein Gesicht, ihre Brüste fühlten sich warm und fest an unter dem Pulli, und wenn ein Auto vorbeifuhr, sah ich ihre grünen Augen keuchen. Am Morgen hatten wir rote und gelbe Blätter auf der Windschutzscheibe. In Rom verirrten wir uns x-mal, wurden angehupt, alberten rum, standen auf einmal vor dem Kolosseum. In der menschenleeren Villa Adriana unterhielten wir uns über die alte Zeit und über die Zukunft. Ich erzählte viel von meinen Plänen, ich wollte weiterstudieren, am besten an einer West-Uni, und dann wollte ich in einer großen Firma zum Technikchef aufsteigen und Geld verdienen, endlich etwas besitzen, eine Villa mit Swimming-Pool und großem Garten, einen Porsche, ein helles Wohnzimmer mit Terrasse und Ledercouch. „Und am Abend trifft man sich mit Managern, Architekten und Künstlern, schlürft Schampus und holt das Maximum aus seinem Leben raus, vielleicht sogar mit 'ner Jacht im Mittelmeer und Ferienhaus am Strand. Da kannst du dann malen wie Cézanne und van Gogh!"

Sie hatte zu alldem geschwiegen und blickte auf die Blätter, die im Wasserbecken schwammen.

„Und was willst du aus deinem Leben machen, jetzt, wo alles möglich ist?"

„Ich glaube, ich möchte dabei sein, wenn im Osten alles anders wird."

Berit hat gerade eine Frage mithilfe des Publikums beantwortet. Vor der Auflösung kommt Werbung. Media Markt – Ich bin doch nicht blöd. Renault – createur d'automobiles. T-Mobile – Erleben, was verbindet.

Günter Jauch ist wieder da im dunkelblauen Anzug mit schwarz-rot-goldener Krawatte. „‚Bank deutscher Länder' ist … richtig! Wir sind bei 4000 Euro. Sie haben noch den Telefonjoker, den Fifty-Fifty-Joker und den Zusatzjoker. Hier Ihre nächste Frage: Wo wurde Erich Honecker geboren? – a) in Rothenburg ob der Tauber – b) in Neunkirchen an der Blies – c) in Landsberg am Lech – d) in Mühlheim an der Ruhr."

„Mensch, das ist aber schwierig!"

„Hat man so was bei Euch nicht im Staatskundeunterricht lernen müssen?" Jauch grinst sein Spitzbubenlächeln in die Kamera.

„Da hab' ich nie aufgepasst." Gelächter im Publikum. „Wo der herkommt, ist mir ziemlich schnurz gewesen. Wär' er nur mal dort geblieben! – Ich glaub, ich nehm' jetzt mal den Zusatzjoker."

Mehrere Personen stehen auf, ein älterer Herr im grünen Pullover antwortet: „Neunkirchen! Ist im Saarland."

„Mensch, das hätt' ich nicht gewusst."

„Schaun wir mal, ob der Herr in Grün Recht hat. – Jawoll! Sie haben 8000 Euro! Wenn Sie die nächste Frage beantworten können, sind Sie stolzer Besitzer von 16 000 Euro! Wenn Sie falsch liegen, fallen Sie zurück auf 500. – Hier Ihre Frage: Welcher westdeutschen Autofirma gehörte vor 1945 das spätere ‚Automobilwerk Eisenach', das den Wartburg produzierte? – a) Daimler-Benz – b) Opel – c) BMW – d) Porsche."

„Na, da ham'Se mich ja wieder aufm falschen Fuß erwischt, Autos sind nun gar nicht meins."

„Hatten'Se keinen Wartburg oder Trabbi daheim? Oder mussten Sie noch zehn Jahre drauf warten? – Ein Freund von mir hätte ein paar Monate nach dem Mauerfall …"

Wir waren wohl der erste Trabbi, der von Brindisi nach Griechenland übersetzte. Endlich blauer Himmel. Wind. Wir waren froh, die NVA-Jacken doch noch eingepackt zu haben. Endlich frei! Obwohl das Wasser zu kalt dafür war, zogen wir uns gleich beim nächstbesten Strand aus, liefen ins Meer und planschten herum wie im Sommer an der Ostsee. Dann Lagerfeuer mit morschen Ästen, Bohnen aus der Konserve. Das Geld ging zur Neige, und obwohl es keiner aussprach, war uns klar, dass wir bald wieder zurückmussten. Seltsame Melancholie, minutenlang, ich konnte nichts sagen. Aber Aufbruch lag in der Luft, und die Vorstellung, bald im Westen zu sein, rauschte in mir wie das Meer. Berit würde sicher mitkommen, dachte ich, auch wenn sie irgendetwas von Aufbau und Zusammenhalt philosophiert hatte.

Sie sagte nichts und schaute auf die Wellen.

Morgen Delphi, dann Potsdam, und dann hatte diese Zeit endgültig ihr Ende. Ich war mit den Bohnen beschäftigt, und sie glaubte, ich würde nicht sehen, wie sie weinte.

In Delphi tranken wir die letzten Rotweinflaschen leer und taten so, als würden wir das Orakel befragen. Auf einem Säulenstumpf drehten wir die Flasche. Ich war betrunken und legte die Richtungen fest. Westen war Reichtum, Freiheit, Cabrio. Osten war Armut, Enge, Trabbi. Norden war Einsamkeit. Süden war Liebe. Die erste Flasche fiel herunter, zersprang, und wir brachen in Lachen aus, um die Traurigkeit nicht zu spüren. Sie war zuerst dran, die Flasche eierte rum, wurde langsamer, blieb fast stehen, machte noch einen Ruck und zeigte nach Süden. Ich kam an die Reihe, drehte ganz fest, die Flasche schien nie wieder stehen zu bleiben, doch irgendwann zeigte sie nach Nord-Westen. Alles war klar, mein Schicksal in Stein gemeißelt. Im Schlafsack neben dem Tempel liebten wir uns heiß und verzweifelt, und am nächsten Tag fuhren wir mit den letzten paar Westmark nach Hause.

„… aber dann hat's die Trabbifirma plötzlich nicht mehr gegeben. Jahrelang umsonst gewartet!"

„Na, mein Vater hatte schon 'nen Trabbi. Bin damit nach'm Mauerfall durch halb Europa getourt, ich glaub, wir war'n der erste Trabbi, der von Brindisi nach Griechenland übergesetzt hat; so 'nen Schuhkarton hatten die da unten auch noch nich' zu Gesicht bekommen. – Mensch, mein Sohn wüsste die Antwort, der is'n großer Autofan."

„Den dürfen'Se aber leider nicht fragen."

„Na, dann ruf ich meinen Vater an."

„War der etwa Automechaniker?"

„Nee, der war Maler und Bildhauer, bis ihm die Ausübung seiner Tätigkeit verboten wurde. Danach war er Anstreicher. Aber vielleicht weiß er's ja!"

Dives trinkt das Glas leer und sieht aus dem Fenster.

Ich wünschte, sie würde mich anrufen.

„Ich weiß es nicht, Berit. Auf etwas zu tippen wäre Quatsch, ich kann's dir leider nicht sagen."

„Danke dir trotzdem, Papa. – Gut, dann nehm' ich also den Fifty-Fifty-Joker!"

„Was wolln'Se sich mit dem Geld eigentlich sonst noch alles gönnen außer der Scorpions-CD?"

„Als Erstes würd' ich gleich morgen in' Urlaub fahren, nach Griechenland, auch wenn November ist. Da will ich schon länger mal wieder hin. Meinen Sohn würd' ich mitnehmen. Ihm würd' ich das meiste geben, er studiert gerade Ingenieur. Und wenn's mehr werden sollte, häng ich den Job an den Nagel, male den ganzen Tag und schreib' ein Buch, so 'ne Art Autobiographie, man hat ja einiges erlebt."

„Das müssen Sie uns aber erzählen!"

„Na ja, mein Ex-Mann war bei der Stasi, zum Beispiel. Hab' ich bei der Heirat auch nicht gewusst."

„Hat der Sie ausspioniert?"

„Mich nicht, aber meinen Vater. Mein Sohn ist vor zwei Jahren einfach mal so in die Birthler-Behörde gegangen, aus purer Neugier, und dann ist die Bombe geplatzt."

„Dann hat Ihr Sohn herausgefunden, dass sein eigener Vater seinen Großvater bespitzelt hat?"

Dives schenkt sich den Rest Rotwein ein.

„Nein, der leibliche Vater meines Sohnes hat sich direkt nach dem Mauerfall davongemacht und ist rüber nach'm Westen. Da wollt' er was werden, hat er gesagt. Schade eigentlich. Wenn der geblieben wär', hätt' ich den ganzen Stasi-Schlamassel mit dem zweiten nicht gehabt."

Er stößt das Glas auf den weißen Teppich, den er von den Chinesen bekommen hat.

„Was is' er denn geworden?"

„Weiß ich nich', hat sich nicht mehr gemeldet. Das Studium war ihm das Wichtigste. Typisch Mann eben."

Wir haben uns noch ein paar Mal getroffen, sie hat beim Packen geholfen. Im Januar war die Einschreibung an der TU. Ein Telefon hatte ihre Familie keines gehabt. Zu schreiben blieb wenig Zeit, der Westen wartete, die neue Technik, das neue Land, das Leben.

Irgendeine Schraube hat sich nie mehr richtig festdrehen lassen seit dieser Zeit. Und jetzt, nach zwanzig Jahren, ist sie im Fernsehen, und die Karosserie fliegt auseinander.

Zwanzig Jahre!

Von November bis August sind es neun Monate.

Von 1989 bis 2009 sind es zwanzig Jahre.

Vom Norden in den Süden ist es ein weiter Weg.

„Na, das hört sich ja an, als hätten Sie die Nase voll von den Männern!"

„Nee, ich mag die Männer schon. Aber ich brauch sie nicht. Alleine hab' ich mir immer am besten geholfen."

„Also gut, dann hoffen wir, Sie können sich auch diesmal helfen. Übrig bleiben ... a) Daimler-Benz und c) BMW!"

„Mensch, ich kenn mich mit Autos gar nicht aus, ich bin froh, wenn sie keine Zicken machen."

„Sie können auch aufhören und ihre 8000 Euro mitnehmen. Wenn Sie falsch liegen, fallen Sie auf 500 zurück."

„Da ham'Se Recht. – Ich probier's aber trotzdem. Wird schon schiefgehen. Also, ich nehme a) Daimler-Benz."

Ich wünschte, ich wäre in Delphi. Nichts würde zu Bruch gehen. Die Richtung würde eine andere sein. Heiß und glücklich würden wir uns lieben.

„Das Werk in Eisenach war seit 1928 im Besitz von … BMW, die Antwort ist leider falsch."

Die Kamera zeigt ihr Gesicht. Sie lächelt. „Na, 500 Euro sind ja auch was wert. Für die Fahrt nach Griechenland wird's schon reichen."

Dives nimmt die leere Rotweinflasche und lässt sie auf dem Glastisch rotieren. Als sie stehen bleibt, blickt der Flaschenhals hinaus in die Nacht.

Dives geht zum Telefon und wählt.

„Sörensen, gut, dass Sie noch da sind! Frau Wegner soll mir morgen den erstbesten Flug nach Athen buchen! Ach ja, und als Leihwagen bitte den klapprigsten, der zu kriegen ist! – Diesmal geht es nicht um Autos."

IV

FLUCH UND SÜNDE

Als Erstes inspizierte Walter die Landschaft. So machte er es immer, bei jeder Ausgrabung. „Ein Fundort ist durch seine Umgebung definiert", hatte er in seinem kleinen Einführungsbuch für Archäologiestudenten geschrieben, und er hatte sich angewöhnt, diesen ersten Schritt ganz allein bei Tagesanbruch zu tun.

Die anderen schliefen noch, in ihren Zimmern war nichts zu hören. Walter schnürte seine Wanderstiefel, verließ den Brauereigasthof und bestieg den kleinen Berg, an dessen Fuß das Dorf lag.

Die Luft war herrlich frisch, er atmete sie gründlich ein, sodass seine Kopfschmerzen langsam verflogen – ein Glas Bier hätte gestern Abend auch gereicht, aber immer, wenn eine Grabung bevorstand, kitzelte Walter die Nervosität im Bauch, der dann ein bisschen betäubt werden wollte.

Alles war in Nebel gehüllt. Der Wald schien zu verdampfen, der Gipfel verschwand im vagen Graugrün des Morgens. Das Laub des letzten Herbstes bedeckte den Waldboden, hier und da plätscherte es, die Vögel begannen zu zwitschern. Die Stationen eines Kreuzwegs begleiteten Walter bei seiner Wanderung: Jesus wird verurteilt, Jesus nimmt das Kreuz, Jesus bricht zusammen. Mitte 19. Jahrhundert, schätzte Walter.

Nach einer guten halben Stunde war er oben. Granitfelsen wuchsen düster aus dem Boden heraus, eine zugenagelte Holzhütte tat sich auf, von der alten Burg selbst war so gut wie nichts übrig geblieben. Oben brach schemenhaft das Sonnenlicht durch die silberne Wand, die Grundmauern der Kirche rauchten noch ein wenig. Walter stieg hinauf bis zum Kreuz. Er schreckte ein paar Raaben auf, sie flatterten davon und schwebten in den lichter werdenden Nebel. Walter wartete. Allmählich löste sich der Schleier vollends auf, und er erblickte die Landschaft: Dort unten lag die Rundinger Burgruine, ein Freund von ihm hatte sie vor ein paar Jahren ausgegraben. Weiter vorne konnte man den Regen aus den Feldern blitzen sehen, vor dem Lamberg, auf dem Kollegen eine Keltensiedlung freigelegt hatten, machte er eine seiner Kurven. Die Urkirche von Chammünster war zu erkennen, im Horizont lag Cham mit seinen Kirchtürmen. Auf der anderen Seite der Hohe Bogen mit der Abhöranlage aus dem Kalten Krieg. Dazwischen die berühmte Senke, der alte Wanderweg der Völker: Die Bajuwaren sollen hier in die ehemaligen römischen Provinzen Raetien und Noricum eingesickert sein, so hatte man früher gemeint. Die Schweden pendelten im Dreißigjährigen Krieg auf diesem Weg zwischen Bayern und Böhmen hin und her, die Kaiserlichen genauso, Tod und Plünderung im Gefolge.

Kein uninteressanter Ort! Seltsam, dass hier auf dem Haidstein noch nicht geforscht wurde.

Zwei Tage vorher, kurz nach Ostern, hatte Prof. Dr. Walter Holzmann in seinem Büro einen unverhofften Anruf erhalten.

Monsignore Eusebius Windlechner, der Generalvikar der Diözese Regensburg, bat um rasche Ausführung eines dringenden Projekts.

In der Nacht vom Gründonnerstag auf den Karfreitag war die alte Wallfahrtskirche St. Ulrich auf dem Haidstein im Bayerischen Wald bis auf die Grundmauern niedergebrannt. Da das Feuer erst um drei Uhr in der Nacht entdeckt worden war und die Feuerwehr große Probleme hatte, die Kirche unterhalb des schroffen Felsengipfels mit den Schläuchen zu erreichen, konnte das alte Gemäuer nicht mehr gerettet werden – sowohl die Altäre und die Wandgemälde als auch das kostbare Haidsteiner Kruzifix aus dem 13. Jahrhundert waren zerstört worden.

Die Brandursache war unklar. Die Polizei konnte keine Hinweise auf Brandstiftung entdecken, und auch vergessene Kerzen oder Blitzschlag kamen nicht in Frage, da kein Gottesdienst stattgefunden und schönstes Frühlingswetter geherrscht hatte.

Die Diözesanverwaltung hatte nach dem Brand überaus schnell gehandelt: Die Wiedererrichtung der Wallfahrtskirche sollte so bald wie möglich in Angriff genommen werden, „den Menschen als Zeichen der Auferstehung und der göttlichen Kraft wider Untergang und Verderben", wie Monsignore Windlechner formulierte. Aus diesem Grund war es also dringend geboten, die kurze Zeit zu nutzen und den historischen Ort näher zu untersuchen.

„Wenn es möglich ist", so wollte Windlechner den Archäologen überzeugen, „dann wäre uns eine Grabung noch in den nächsten Tagen das Allerliebste. In einer Woche kommen schon die Architekten!"

„Bei allem Respekt, aber wie stellen Sie sich das vor, ich kann doch nicht einfach meine Veranstaltungen an der Uni ausfallen lassen! Außerdem finden Prüfungen statt!"

„Keine Sorge, ich habe schon alles für Sie arrangiert. Schenken Sie uns nur ein paar Tage Ihrer kostbaren Zeit! Vielleicht gelingt

Ihnen ja wieder eine Sensation, so wie damals mit dem Altdorfer. Und schließlich war Wolfram von Eschenbach auf der Burg, wer weiß, was da oben noch alles unter der Erde schlummert …!"

Walter zögerte. Irgendetwas machte ihn bedenklich. So eilig hatte man es doch sonst nicht bei der Kirche! Und Windlechner klang sonderbar gehetzt, irgendwie aufgekratzt. Ohnehin war es erstaunlich, dass er selbst angerufen hatte und nicht, wie üblich, einer seiner Untergebenen. Noch dazu bei solch einer zweitklassigen Wallfahrtskirche! Außerdem würde eine abgetragene Burg wie diese sicher nicht viel hergeben, ein paar Alltagsgegenstände vielleicht, eventuell religiöser Schnickschnack, aber wohl kaum etwas Besonderes!

„Es versteht sich übrigens von selbst, dass die theologische Fakultät bei Personalfragen in Zukunft auf der Seite der Archäologie stehen wird, trotz vergangener Meinungsverschiedenheiten …", legte der Monsignore nach, und allmählich begann Walter diese mittelmäßige Notgrabung zu interessieren – irgendetwas lag hier in der Luft, das sagte ihm sein Instinkt.

„Sie können auf die Archäologie zählen, Monsignore! Aber beten Sie zu Gott, dass wir unter der Kapelle keine mumifizierten Pfarrerstöchter finden!", versuchte Walter ein wenig Heiterkeit in die Abmachung zu bringen, doch Windlechner fand keinen Gefallen an dem Scherz und ging zu den Zusatzinformationen über.

Am nächsten Tag hielt Walter noch eine Vorlesung über keltische Ringwallanlagen, dann schlängelte er sich durch den Pulk von Studentinnen zu seinem Büro, holte sein Zeug und verschwand in Richtung Tiefgarage.

Walter grübelte. Der Auftrag war eine glatte Zeitverschwendung, das stand fest. Aber wenn er ihn annahm, dann würde sich die Kirche mit der nächsten Grabung sicher auch wieder an ihn wenden, und außerdem konnte das Institut selbst die kleinste Zeitungsmeldung sehr gut gebrauchen, nachdem wieder einmal Gerüchte über die Streichung von Stellen umgegangen waren. Ein Problem gab es aber noch: Am kommenden Samstag würde er heiraten! Er musste Maggie beibringen, dass er sich nicht, wie er es versprochen hatte, um die letzten Vorbereitungen kümmern konnte! So etwas Dummes aber auch! Was musste der Windlechner ausgerechnet jetzt mit seiner abgebrannten Kirche daherkommen!

Drei Jahre war es nun schon her, dass Maggie plötzlich vor seiner Wohnungstür stand – und jetzt war Hochzeit, wer hätte das jemals geglaubt! So wie mit ihr war es ihm überhaupt noch nie mit einer Frau gegangen: Sie lachten über dieselben Witze, sie fanden Filme, Fußball und Photographieren gut, und sie kochten gerne zusammen in Walters neuer Küche. Maggie war hübsch, geistreich und gebildet, sie kannte sich mit Steuersachen aus und Walter mit Computern. Alles war perfekt!

Früher hätte er niemals geheiratet! Überall an der Uni lauerten schwindelerregend schöne Studentinnen, die Walter jeden Tag vor Augen führten, dass er ein Mann in den besten Jahren war, gutaussehend, welterfahren, witzig, und als Archäologen haftete ihm zudem der Geruch von Wüstenstaub und Abenteuer an, was Walter in seinen wilden Jahren nicht nur einmal ausgenutzt hatte. In den Sommersemestern saßen die jungen Damen halbnackt in seinen Vorlesungen und wehten beim Hinausgehen, während er die Lesebrille absetzte und seine Unterlagen ordnete, demonstrativ ihren Duft in seine Nase. In den Wintersemestern hatten sie einen Rollkragenpulli an, der ihre Rundungen betonte, und Lederstiefel, die bis zur Kniekehle reichten. Wenn sie ein Referat hielten, blickten sie nicht den Kommilitonen im Publikum in die Augen, sondern immer nur ihm, der gedankenverloren dasaß und Notizen machte. Vor allem bei den mündlichen Prüfungen waren sie die fleischgewordene Versuchung – selbst Walters Beisitzer, sämtlich Schullehrer mit Cordjacketts oder seltsam gemusterten Strickpullis, bekamen einen Anflug von Lebendigkeit, nachdem sie einen Moment zu lange auf die Rundungen der Studentinnen geblickt hatten, die gerade durch die Tür gekommen waren und eine schüchterne Begrüßung hauchten. Hinzu kamen die unvermeidlichen Fakultätsfeste, an denen reichlich Bier ausgeschenkt wurde und, so wie im letzten Jahr, manch einem verheirateten Kollegen ordentlich der Kopf verdreht wurde, sodass er sich zuerst in einer Studentenbude wiederfand und dann vor dem Scheidungsrichter.

Walter ging es nicht mehr so. Aus irgendeinem unerfindlichen Grund versorgte ihn Maggie mit allem, was er brauchte. Wahrscheinlich fand sie es sogar in Ordnung, dass er sich mitten in den Hochzeitsvorbereitungen für ein paar Tage aus dem Staub machte, denn mittlerweile war sie fast so geschichtsfanatisch wie er selbst: Sie las Sachbücher über die Römer und – sehr zu Walters Missfallen – dicke Schinken über geheimnisvolle Orden und abstruse Verschwörungen, und manchmal kam es vor, dass Walter eine Vorlesung, die er am Vormittag gehalten hatte, am Abend für Maggie noch einmal heruntersagen musste. Sein Schiff lief mit festem Kurs und gleichmäßigem Tempo in den Hafen der Ehe ein, und er freute sich darauf! Früher hätte er so etwas als Kitsch und als Gefangenschaft abgetan, er hätte kalte Füße bekommen und die größte Angst, durch die Heirat in seinem Leben etwas zu verpassen. Jetzt aber war er sich sicher: Maggie war die Beste! Niemals würde er wegen einer Studentin, mochte ihr Augenaufschlag noch so verlockend sein, Maggie untreu werden!

Die Sonne hatte die letzten Nebelschwaden auseinandergejagt, es versprach ein schöner Frühlingstag zu werden. Der kokelige Duft der abgebrannten Kirche zog Walter in die Nase. Es war Zeit, hinunterzusteigen, die Hilfskräfte zusammenzutrommeln und anzufangen.

Zwei Stunden später waren alle Geräte vor Ort, Walter gab noch ein paar Anweisungen, und seine Helfer schafften die letzten Trümmer weg, die bei den Aufräumarbeiten übersehen worden waren.

Es wurde ziemlich heiß, man zog sich die Hemden aus, Bianca arbeitete mit Bluse, Lukas und Sven mit kurzen Hosen.

Sie kamen gut voran, am Nachmittag legte man bereits die Überreste der alten Burgkapelle aus dem Mittelalter frei. Wie zu erwarten war, waren die Funde durchaus gewöhnlich: Glasscherben, zwei geschmolzene Eisenkreuze ohne großen historischen Wert, ein kleines Weihwasserbecken aus Stein, sonst nichts.

„Da können wir ja morgen schon wieder heim an die Uni, hier ist nichts zu holen", sagte Sven und strich sich den Schweiß von der Stirn.

„Bianca, hör auf, wir packen zusammen!", rief Walter.

„Nur noch zwei Zentimeter, dann bin ich auf gleichem Niveau", antwortete Bianca, und Walter musste lächeln, denn ihre Liebe zur Archäologie grenzte manchmal ans Extremistische; obwohl sie trotz ihrer Nickelbrille und ihrer blonden Zöpfe recht hübsch war, hat man sie noch nie mit einem Freund gesehen, da sie, wie Lukas ihr andichtete, nur mit dem Eggert, dem Handbuch für Archäologie, ins Bett steigen würde.

„Du glaubst wohl, in den zwei Zentimetern ist noch ein Tut-Ench-Amun versteckt oder ein kleiner Inkaschatz!?", witzelte Lukas, und Sven sammelte bereits die Geräte ein.

Da wurde plötzlich, nachdem Bianca noch einmal mit dem Pinsel über die Fläche gestrichen hatte, das Licht der untergehenden Sonne vom Boden reflektiert. „Etwas Metallisches!", fuhr es Walter in den Sinn, und er sprang hinunter in Biancas Grabungsbereich.

Lukas und Sven kamen ebenfalls näher und sahen verblüfft nach unten. Walter schnappte sich den Pinsel und strich vorsichtig die Erdreste beiseite, die das Objekt bedeckten.

„Das glänzt ja doch wie Tut-Ench-Amun!", sagte Sven, doch keiner antwortete auf seinen Spaß, alle hielten sie den Atem an und schauten Walter über den Rücken.

Zum Vorschein kam, nach ein paar Minuten, eine Scheibe mit einem Christogramm, offenbar aus Gold, der Durchmesser betrug 33 Zentimeter. Auf der linken Hälfte des X befand sich der griechische Buchstabe Alpha, auf der rechten Hälfte ein

Omega. In der Mitte der Scheibe, dort, wo sich die beiden Striche des X kreuzten, lag ein rundes Loch von 19 Millimetern Durchmesser, über dem Buchstaben Rho war ein kleines Stück abgebrochen.

„Ist das echt?", fragte Lukas.

„Ich glaube schon!", sagte Walter. „Liegt einen halben Meter unter der Mittelalter-Schicht. So eine Scheibe war auch beim berühmten Water-Newton-Schatz dabei, der 1975 in England gefunden wurde. Allerdings ist diese hier viel größer!"

Bianca war das Staunen ins Gesicht geschrieben. „Ein antikes Christogramm mitten im Bayerischen Wald, ich werd' verrückt!", flüsterte sie.

„Leute, ich fürchte, wir müssen doch noch weitergraben. Da unten liegt sicher noch mehr!"

Bianca sicherte den Fund, Sven holte die Lampen, und Lukas packte die Wurstsemmeln aus der Tüte. Nach einer kurzen Pause setzten sie die Grabung fort.

Dabei stießen sie nach zwei Stunden Arbeit in unmittelbarer Nähe der Scheibe wieder auf etwas, womit niemand gerechnet hätte: Ein menschlicher Beckenknochen wurde sichtbar! Dann der Oberschenkel und schließlich die Wirbelsäule! Sie arbeiteten wie in Trance, solange, bis ein männliches Skelett vor ihnen lag, vollständig erhalten, 1,66 Meter groß. Bei seinem Tod war der Mann ungefähr 40 Jahre alt, das ließ sich aufgrund des Verknöcherungsgrads der Schädelnähte sagen. Das Besondere aber war die Form des Kopfes: Er war so deformiert, wie es bei den Hunnen der Brauch war, die ihren Kindern mithilfe von Bandagen und Ringen den Schädel in die Höhe wachsen ließen.

„Jetzt wird's langsam ein wenig unheimlich!", sagte Bianca. „Zuerst das Kreuz und jetzt noch ein Hunne! Und wie der aussieht! Den Mund ganz weit offen! Als ob er fürchterliche Angst gehabt hätte kurz vor seinem Tod!"

„Wahrscheinlich hat man ihm ein großes Stück Fleisch in den Mund gesteckt, als Wegzehrung für seine Reise ins Jenseits. Ich glaube, wir können sogar die Todesursache feststellen", sagte Walter, „schaut mal auf seinen Hals! Der zweite Wirbel weist eine Fraktur auf! Der Mann hat sich das Genick gebrochen. Womöglich ist er vom Pferd gestürzt."

Bianca schluckte, und Sven beugte sich über die rechte Hand des Skeletts.

„Was hat er denn da zwischen den Fingern?"

Walter griff zum Pinsel und legte eine Münze frei.

„Ich fass' es nicht, ein römischer Denar! Lukas, halt mal die Lampe etwas näher! Wenn das nicht der gute alte Tiberius ist! Und auf der Hinterseite die Friedensgöttin – wann ist Tiberius gestorben? Bianca?"

„37 nach Christus!"

„Sehr gut! Und was bedeutet das?"

„Dass die Münze vor 37 nach Christus geprägt worden ist."

„Richtig! Vor 37! Wir haben einen Hunnen aus der Völkerwanderungszeit, ein frühchristliches Kreuz und einen Tiberius-Denar! Leute, die Sache beginnt wichtig zu werden! Ich würde sagen, wir machen weiter, wenn es hell wird. Die Nacht über bleiben wir hier. Bianca kriegt das Zelt, die Jungs schlafen draußen. Vergiss die Fundstücke nicht mit hineinzunehmen und in die Box zu legen, Bianca! In ein paar Stunden werden wir sehen, worum es hier geht."

Walter leuchtete mit der Lampe seine Studenten an, ihre Gesichter sahen blass und unwirklich aus. Lukas versuchte zu lächeln, Sven schaute zu Boden, und Bianca nagte an ihrer Unterlippe. „Ich hoffe, wir haben den Geist des Hunnen nicht aufgeweckt!", sagte sie leise.

„Keine Sorge, ich werde ihm den Spaten auf den Kopf hauen, wenn er versucht, dich anzugrapschen! Es ist jetzt halb zwei, stellt eure Wecker auf sieben!"

Zur Beruhigung leerten sie noch zwei Flaschen von der guten Dorfbrauerei, dann packten sie sich in die Schlafsäcke und versuchten einzuschlafen. Aus Svens Richtung kamen recht bald

Schnarchgeräusche, gelegentlich unterbrochen vom Ruf einer Eule. Bianca und Walter waren hellwach und suchten nach Zusammenhängen. Ab und an huschte ein Tier vorbei. Im Unterbewusstsein hörte Lukas, als er sich umdrehte, den Reißverschluss des Zelts sowie ein leises Flüstern. Morgen werden sie die Lösung finden, dachte er und schlief wieder ein. Dann spürte er während eines Traums einen Luftzug in seinem Gesicht, so, als ob jemand an ihm vorbeigehen würde. – Es war der Hunne, der mit weit geöffnetem Mund und der Silbermünze in der Hand den Reißverschluss von Biancas Zelt herunterzog …

Als das Wecksignal von Svens Handy ertönte, war Walter bereits am Fundort und arbeitete. Er sah blass aus, wahrscheinlich hatte er kein Auge zugetan und die ganze Nacht gegrübelt.

„Typisches Hunnengrab aus dem fünften Jahrhundert! Neben dem Skelett liegen die Überreste eines Reflexbogens, ein zweischneidiges Langschwert osteuropäischen Typs und ein schmaler Langsax. Ein paar Schnallen und zwei dreiflüglige Pfeilspitzen habe ich auch gefunden. Außerdem vier Goldmünzen aus dem vierten Jahrhundert, zwei wurden in Rom geprägt, eine in Lyon und eine in Aquileia. Ich habe folgende Theorie: 452 nach Christus sind die Hunnen in Italien eingefallen, Attila brauchte nach seiner Niederlage auf den Katalaunischen Feldern viel Gold, um seine Truppen zusammenzuhalten. Dabei wurden Mailand, Padua und Aquileia geplündert. Die goldene Christogramm-Scheibe dürfte damals aus einer Kirche geraubt worden sein, ich tippe mal auf Aquileia, dort hatte das frühe Christentum eine Blüte. Als Attila dann mit seinem Plan, Rom zu erobern, gescheitert ist und Seuchen in seinem Heer ausbrachen, haben sich mehrere Verbündete aus dem Staub gemacht, vor allem die germanischen Kämpfer. Der Hunne hier könnte so einer sein, die Germanen haben ja oftmals hunnische Traditionen übernommen. Oder aber es ist ein Kundschafter Attilas gewesen, der unterwegs war, um neue Verbündete für den Kriegszug im darauffolgenden Jahr anzuwerben."

„Und wie passt der Tiberius-Denar in die Geschichte?", fragte Lukas.

„Das weiß ich noch nicht genau. Es ist zwar durchaus vorgekommen, dass bei Münzfunden mehrere Jahrhunderte versammelt sind – erinnert euch an die Vorlesung vom letzten Jahr, als wir den Schatz von Kirchmatting durchgenommen haben! Aber der Zeitsprung, der hier vorliegt, ist schon ein wenig seltsam – vom ersten direkt ins vierte und fünfte Jahrhundert. Es ist sowieso erstaunlich, warum nur ein paar Goldmünzen da sind, die Plünderungen müssten eigentlich viel mehr abgeworfen haben, und der Silberdenar war zu dieser Zeit nicht mehr viel wert."

„Vielleicht sind es wirklich mehrere Goldmünzen gewesen", sagte Sven, „der größte Teil könnte doch von den Begleitern des Hunnen mitgenommen worden sein, und diese hier wurden in der Eile, oder weil es dunkel war, liegen gelassen."

„Kann schon sein", brummte Walter, der ziemlich angegriffen wirkte, etwas geistesabwesend. „Genaueres lässt sich ohnehin erst in Regensburg sagen. Ihr könnt euch schon einmal dranmachen, das Skelett zu sichern und die Funde zu säubern."

„Wo ist eigentlich Bianca die ganze Zeit?", fragte Lukas. „Die wird doch nicht etwa verschlafen haben!?"

„Na das möcht' ich mal erleben, dass Frau Hundertprozent zu spät kommt. Ich klopf' mal an bei ihr."

Als sich nach mehreren Versuchen, Bianca aufzuwecken, immer noch nichts rührte, öffnete Sven den Eingang. Das Zelt war leer!

„Vielleicht hat sie die Funde schon nach unten gebracht?", mutmaßte Lukas.

„Hat ihr aber keiner angeschafft!", entgegnete Walter etwas gereizt. „Die ist sicher zum Pinkeln gegangen. Und jetzt ran an die Arbeit!"

Als Bianca 20 Minuten später immer noch nicht da war, schickte Walter Lukas los, um sie zu suchen. „Wir beide machen hier weiter, ich möchte so schnell wie möglich mit der Auswertung anfangen!"

Sven legte feinsäuberlich die Knochen frei, steckte sie in Plastiktüten, beschriftete diese und tat sie in den Koffer. Dabei fiel ihm etwas Merkwürdiges auf: „Walter, hast du den Tiberius-Denar gesehen?"

„Nein, der müsste doch im Zelt sein!"

„In der Box ist er nicht! Ich dachte, vielleicht hast du ihn dir noch einmal angeschaut?"

Im gleichen Augenblick kam Lukas herbeigelaufen. In seinen Augen flackerte Entsetzen: „Sie hat sich umgebracht", keuchte er, „sie hat sich umgebracht!"

Ungefähr zweihundert Meter vom Grabungsort entfernt hing Bianca mit nach links geneigtem Hals an dem Ast einer Buche. Ihrem Gesicht fehlte jegliche Farbe, die Augen starrten ins Leere. Sie war auf den Felsen neben dem Baum geklettert und hatte sich in den Tod geworfen.

Als die Polizei die Leiche herunterholte, fiel aus Biancas zusammengekrampfter Hand etwas auf den belaubten Waldboden: der Silberdenar aus der Zeit des Kaisers Tiberius.

Völlig niedergeschlagen saß Walter mit Maggie in der Küche seiner Wohnung. Sein spektakulärer Fund war ihm vollkommen gleichgültig, er musste ständig an Bianca denken.

Was war da nur passiert, oben auf dem Haidstein? Was in aller Welt hat sie bloß zu einem solchen Schritt getrieben? Hätte er es verhindern können? Natürlich! Er hätte in der Nacht auf keinen Fall –, aber die Stimmung war so unglaublich seltsam, und ängstlich hat sie gar nicht mehr gewirkt, nachdem . . . !

„Walter!"

Am besten wäre es gewesen, die drei hinunter in die Brauereigaststätte zu schicken und oben alleine zu übernachten – dann wäre sicher alles ganz anders gekommen, dann hätte Bianca keine Gelegenheit gehabt . . .

63

„Walter!" Maggie holte ihn aus seinen Gedanken. So mutlos und zerstört hatte sie ihn noch nie gesehen. „Mensch, Walter, das hat doch gar keinen Sinn, sich zu zerfleischen! Wahrscheinlich hat das alles gar nichts mit der Ausgrabung zu tun, wahrscheinlich hat sie das die ganze Zeit mit sich herumgetragen, und in einem emotionalen Moment ist es dann ausgebrochen."

„Ich glaube schon, dass es mit dieser Nacht zu tun hat!" Walters Stimme wurde immer leiser, während er dies sagte. „Ich bin mir sogar sicher", flüsterte er, wobei er auf den Boden blickte, und Maggie erkannte, dass psychologische Erklärungen nicht weiterhelfen würden.

Walter stand auf, holte sich ein Bier aus dem Kühlschrank, ließ sich ein heißes Bad ein und ging danach früh ins Bett. Maggie war voller Sorgen. Normalerweise war Walter bei Problemen immer besonders gesprächig; als vor kurzem bekanntgegeben wurde, dass womöglich ein paar Stellen an seiner Fakultät gestrichen würden, hatte er einen stundenlangen Monolog über die Bildungspolitik gehalten, um seinen Druck loszuwerden. Aber so, wie er jetzt war, kannte sie ihn nicht.

Um vier Uhr in der Nacht läutete das Telefon. Die Polizei war am Apparat.

„Herr Professor Holzmann, entschuldigen Sie den nächtlichen Anruf. Aber wir müssen Sie bitten, zur Polizeiinspektion am Jakobstor zu kommen. Es hat sich etwas Tragisches ereignet … Monsignore Windlechner hat sich das Leben genommen!"

Walter stand reglos neben dem Telefon. Dann zog er sich mechanisch an und stürzte mit seinem Fahrrad davon. Quälende Reue und die Verwirrung drückten schwer auf seine Seele, sein Gehirn pochte. Bei der Fahrt durch die kühle Nacht wollte er den Schmerz aus sich heraustreten, aber es gelang nicht. Atemlos kam er an und wurde zu Herrn Polizeiinspektor Schmitt geführt.

„Monsignore Windlechner ist vor vier Stunden tot im Stadtpark aufgefunden worden – er hat sich erhängt!"

Mit ganzer Wucht kollidierte etwas mit Walter. Unfähig, Worte zu formulieren, saß er da und schaute dem Polizisten fragend in die Augen.

„Sie haben den Monsignore gestern noch gesehen?"

„Ja, ich habe ihm im Diözesanmuseum die Fundstücke einer Ausgrabung übergeben."

„Wie uns unsere Chamer Kollegen berichten, ist es bei dieser Ausgrabung zu einem ähnlichen Suizid gekommen."

„Eine Studentin von mir hat sich …", Walter konnte nicht mehr weitersprechen.

„Wir haben, um der Presse aus dem Weg zu gehen, gleich nach der Bergung des Toten damit begonnen, Herrn Windlechners Wohnung zu durchsuchen. Sie sagen, Sie haben ihm die Fundstücke im Museum übergeben?"

„Ja, das ist der normale Ablauf, für gewöhnlich werden Ausgrabungsobjekte bei uns im Institut oder im Museum untersucht und konserviert. – Was haben Sie denn bei Windlechner gefunden?"

„Dies hier …"

Der Inspektor öffnete die Schublade seines Schreibtischs, holte eine kleine Schachtel hervor und machte sie auf. In einem durchsichtigen Plastikbeutel befand sich, Walter hatte es geahnt, der Tiberius-Denar!

„Im Bericht steht, dass sich Bianca Lauschke diese Münze ebenfalls angeeignet hatte, bevor sie sich das Leben nahm. Fräulein Lauschke hatte übrigens kurz vor ihrem Tod noch Geschlechtsverkehr. Wissen Sie vielleicht etwas darüber?"

Walter konnte nichts sagen. Er schüttelte nur langsam den Kopf, und er wunderte sich dabei über den Kraftaufwand, den man braucht, um die Halsmuskeln in Bewegung zu setzen.

„Hab' ich mir schon gedacht", fuhr Schmitt fort. „Wie dem auch sei, offenbar steht diese Münze in einem Zusammenhang mit den beiden Suiziden. Wir bitten Sie daher, Herr Professor Holzmann, mit uns zusammenzuarbeiten und uns historische

Informationen zu liefern, die uns bei der Aufklärung helfen könnten."

Jetzt zögerte Schmitt ein wenig, bevor er weitersprach. Er schaute sich um. Vor seinem Büro, das konnte man durch das Fenster sehen, saßen zwei Beamte, der eine nahm einen Schluck Kaffee zu sich, der andere sprach in ein Mikrophon. Schmitt begann zu flüstern.

„Was ich Ihnen jetzt sage, muss unbedingt unter uns bleiben! Wenn die Presse davon erfährt, dann bekommen Sie und ich große Scherereien – Windlechner ist nicht irgendwer gewesen, das Ganze kann zu einem Sprengsatz werden! Haben Sie mich verstanden?"

Walter hörte nur halb hin, er dachte an den aufgerissenen Mund des Hunnen und den Schrecken Biancas. Dennoch nickte er ein wenig.

„Also: Bei der Durchsuchung von Windlechners Haus haben wir die Münze auf dem Wohnzimmertisch gefunden. Daneben befand sich ein Stapel von DVD's. Einer der Filme wurde kurz vorher angesehen, der DVD-Player war noch eingeschaltet. – Wenn ich Sie um absolute Verschwiegenheit bitte, dann können Sie sich wohl vorstellen, was das für ein Film gewesen ist …!"

Schmitts stecknadelgroße Pupillen durchbohrten Walters Augen. Dann sprach er weiter, wieder in normaler Lautstärke: „Und jetzt nehmen Sie diese verfluchte Münze mit an die Uni und liefern uns so schnell wie möglich Ergebnisse! Bitte!"

Walter stieg auf das Fahrrad und fuhr direkt, ohne mit Maggie zu frühstücken, an die Uni. Die erste Vorlesung über keltische Fürstengräber spulte er herunter, ohne bei der Sache zu sein. Über Biancas Selbstmord sagte er nichts, und er war froh, nicht danach gefragt zu werden. Er stellte nur fest, dass große Betroffenheit herrschte, und als er nach der Vorlesung den Hörsaal verließ, unterhielten sich zwei Studenten über den Artikel in der Mittelbayerischen Zeitung und über den angeblichen Fluch des Hunnen. Die Dekanatssitzung um elf Uhr ließ er sprachlos über sich ergehen, obwohl seine Argumente gegen Stellenstreichungen nicht unwichtig für seinen Lehrstuhl gewesen wären. Professor Dr. Gutbrod von der Neuesten Geschichte drückte zu Beginn kurz sein Bedauern aus, dann erläuterte er die Tagesordnung.

Walters Gedanken waren anderswo. Er musste unbedingt mehr über die ganze Sache herausfinden, er musste in die Bibliothek! Vielleicht hing wirklich alles mit dieser Münze zusammen, vielleicht konnte er in Chroniken etwas über die Geschichte des Haidstein finden; warum hatte er das nicht schon vor der Grabung gemacht, wie es sich eigentlich gehört? Während Professor Gutbrod über die Kürzung der Zuschüsse für Exkursionen referierte und Walter an Biancas großen Eifer und an die Begräbnishaltung des Hunnen dachte, explodierte plötzlich eine Idee in seinem Kopf. Er sprang auf, platzte aus dem Zimmer und rannte in die Bibliothek.

Hier verbarrikadierte er sich hinter einer Wand von Büchern und versank in den Seiten. In einem Lexikon für Gerichtsmedizin fand er Folgendes:

„Wird am Galgen der so genannte lange Fall angewandt (heute noch in einigen US-Staaten, Singapur und Irak), bremst der Strang den Sturz des Verurteilten ruckartig. Die beabsichtigte (aber nicht immer eintretende) Folge ist eine Fraktur des Dens axis (zweiter Halswirbel), wobei durch die Verschiebung der Bruchstücke dieses Knochens die Medulla oblongata (verlängertes Rückenmark) durchtrennt werden soll, die sowohl den Kreislauf als auch die Atmung reguliert. Falls dies geschieht, hat es neurophysiologisch gesehen denselben Effekt wie das Enthaupten."

Das war es! Der Hunne musste sich ebenfalls erhängt haben! Aber warum nur? Wenn Walter das herausfand, konnte er vielleicht auch Biancas Tod verstehen! Seine Gedanken arbeiteten wie in einem Fieberwahn, hektisch schlug er Handbücher und Aufsatzsammlungen auf, ging an die Regale, kam mit neuen Büchern zurück, blätterte, überflog die Buchstaben, zermarterte sich das Gehirn: Der Haidstein befindet sich in der Nähe des

Regentals und der Cham-Further-Senke. Ein Trupp Hunnen musste hier kampiert haben, schwer beladen mit der Beute aus Italien. Der Hunne hat sich aus einem unbekannten Grund aufgehängt, seine Begleiter haben ihn begraben. Sie haben das Grab mit typisch hunnischen Grabbeigaben ausgestattet, außerdem mit der goldenen Scheibe aus einer italienischen Kirche. Das restliche Raubgut haben sie mitgenommen. Sie müssen ziemlich schnell vorgegangen sein, ein paar Münzen haben sie übersehen – Münzen spielten in der Vorstellung der Hunnen ja keine Rolle für das Jenseits, sie dazulassen hatte also keinen religiösen Grund. Die Silbermünze war in dieser Zeit nicht von größerem Wert, abgesehen haben die Hunnen es vor allem auf Gold. Warum haben sie dann die Christogramm-Scheibe nicht mitgenommen? Wollten sie sie loswerden? Hatten sie Angst vor dem christlichen Gott? Vielleicht hat der Haidstein seinen Namen von dem heidnischen Hunnen, der späteren Generationen noch im Gedächtnis war?

Walter musste mehr über diesen Berg erfahren, aber obwohl es ein Wallfahrtsort war und sich der berühmte Minnesänger Wolfram von Eschenbach auf der Burg aufgehalten haben soll, gab es seltsamerweise keine taugliche Abhandlung darüber. Irgendwie schien die Geschichtsschreibung, abgesehen von ein paar oberflächlichen Darstellungen, den Haidstein umgangen zu haben. Walter musste sich die spärlichen Auskünfte zusammenklauben: Die alte Burg wurde, nachdem sie zu einem Raubritternest herabgesunken war, 1467 vom Herzog zerstört. Eine Burgkapelle ist nachweisbar, aus ihr stammte wohl auch der berühmte Haidsteiner Christus aus dem 13. Jahrhundert.

Bei dieser Information meldete sich in Walters Bauch eine Ahnung. Er eilte zum Regal mit den mittelalterlichen Chroniken und Annalen.

„Ah, Herr Holzmann, graben Sie seit neuestem in den Mittelalterregalen?", spottete der Kollege von der Mediävistik, aber Walter hörte nicht hin. Er ging durch die Reihen, zog eine staubige Chroniksammlung aus dem 19. Jahrhundert hervor, legte sie zwischen den Regalen auf den Teppichboden und kniete sich darüber. Wenn jemand etwas wissen konnte über besondere Vorkommnisse auf der mittelalterlichen Burg, dann war es Hermann von Niederaltaich. Das Kloster Niederaltaich liegt etwa 60 Kilometer weiter südlich an der Donau, und Hermann war einer der schreibfreudigsten Mönche des 13. Jahrhunderts.

Walter durchblätterte geschwind die alten, vergilbten Seiten und überflog die lateinischen Wörter. Irgendetwas sagte ihm, dass er kurz davor war zu finden, wonach er suchte. Von Ketzerei war die Rede, vom Papst und von Kaiser Friedrich II., aber die hohe Politik interessierte Walter nicht. Von einer Sonnenfinsternis las er, von dem Mordanschlag auf den bayerischen Herzog Ludwig in Kelheim.

„Herr Kollege, wenn Sie Hilfe brauchen, dürfen Sie sich gerne an mich wenden. Ihr Latein ist sicher nicht mehr das allerbeste!", spöttelte schon wieder der Mediävist hinter ihm, und Walter machte über die Schulter eine Handbewegung, aus der Ungeduld und Wut deutlich herauszulesen waren. Er raste weiter von Jahr zu Jahr:

„1266: Dürre im Sommer . . .“

„1267: Wolkenbrüche und Hagelschlag . . .“

„1268: Konradin von Hohenstaufen hingerichtet . . .“

„1269“ – Hier war es! Walter erkannte es sofort an dem Wort *„Heidsteino“*! Er übersetzte den Eintrag: *„Am Gründonnerstag brannte in der Nacht die Kapelle der Burg Haidstein nieder. Am Karfreitag wurde ein Stallknecht, der Steine und Balken weggetragen hatte, am Galgen gefunden, am Karsamstag ein Bauer aus dem Dorf. Ihre Seelen werden keinen Eingang in den Himmel finden. Gleich nach Ostern wurde die Kapelle wieder aufgerichtet.“*

„Herr Kollege, man bekommt ja den Eindruck, Sie möchten sich bei uns im Mittelalter um eine Stelle bewerben, wenn bei der Ausbuddelei alles zusammengestrichen worden ist!", sagte jemand von hinten, und Walter streckte nur seinen Mittelfinger in die Höhe.

Er war wie im Rausch, er fühlte sich wie ein Jäger, der einem gefährlichen wilden Tier auf der Spur ist, das jeden Moment aus dem Unterholz preschen kann. Walter wusste, dass es da war, er konnte es förmlich riechen!

Wieder durchstöberte er alte Folianten, zwei Stunden lang. Er kauerte auf dem abgelaufenen Teppichboden, blätterte, flog über die Seiten. Dass er Hunger und Durst hatte, drang schon längst nicht mehr in sein Bewusstsein. Und tatsächlich: In einer eher unbedeutenden Sammlung anonymer Chroniken aus dem Spätmittelalter stieß Walter auf einen ähnlichen Eintrag! In seiner Erregung las er die Zeilen laut vor und vergaß dabei, dass er sich in einer Bibliothek befand:

„1467: Auff dem perg mitt Nammen Haydsteyn hatt genist eyn Hawffen, der da rawbete unnd sengete unnd versetzete das Lannt in schrecknuß unnd peyn. Allda am Tag Mandati ward nach gro-ßem streyt entlich zertretten die purg vonn des Herzogs Knecht sun-der gnad mitt Fewer unnd Schwert, unnd da dy Knecht genommen dy purg, da sachen sy den Alltar zerbrennet unnd dy Lewtt erhenget mitt wuestem Anntlytz. Alleyn das ehern Kruzifix was auff eyne-malen unversehret auff dem fellßen in der Mitten unnd dy mannen waeneten großen wunders unnd derenthalben ward auffgericht dy heylig Kirch allsobald new auß der purgen steyn unnd rest."

Obwohl Walter der Kopf verteufelt schwirrte, sah er nun ganz klar! Deswegen also war Windlechner rasches Vorgehen so wichtig gewesen! Er hatte gewusst, was damals passiert war – dass der Tod in dieser Kapelle schlummerte, dass sie eine Art Bann gegen den Hunnen war; jedes Mal, wenn sie niedergebrannt war, war der Fluch erwacht, und jedes Mal war daher schnellstens eine neue Kapelle errichtet worden!

Walter schämte sich sogleich für diese Spekulationen. Er war Wissenschaftler durch und durch, und seit jeher hatte er eine tiefe Abneigung gegenüber populären und übersinnlichen Auslegungen der Geschichte. Wahrscheinlich hatte man das besagte Kruzifix vor dem Brand der Kapelle in Sicherheit gebracht und danach, wie üblich in dieser Zeit, ein Wunder daraus gemacht. Aber dennoch: Seine Überzeugungen gerieten gerade schwer ins Wanken, trotz aller berufsmäßigen Zweiflerei; auch damals war die Kapelle ja an einem Gründonnerstag abgebrannt, auch damals ist es danach zu Selbstmorden durch Erhängen gekommen! Der Schlüssel zu dem Rätsel musste tatsächlich im finsteren Reich des Aberglaubens liegen, das schien Walter nun sicher zu sein, und als er dies erkannt hatte, überwältigte ihn ein neuer, düsterer Gedanke. Er lief, ohne die Bücher zurückzustellen, zu seinem Büro.

Es war bereits Abend geworden, nur wenige Studenten befanden sich noch an der Uni, mit einem wäre er auf dem Gang beinahe zusammengestoßen. Obwohl er sich auf eine lange Nacht in der Bibliothek eingerichtet hatte, holte Walter den Plastikbeutel mit dem Tiberius-Denar aus der Verwahrungsbox, steckte ihn in die Hosentasche und fuhr mit dem Fahrrad, als ob es um sein Leben ginge, nach Hause.

Walter öffnete die Wohnungstür. Maggie war heute und morgen bei einer Zahnarzttagung in Passau.

Walter zog das Telefonkabel aus der Buchse und schaltete sein Handy aus – er musste ungestört sein. Dann legte er die Münze auf den Küchentisch. Er war sich bewusst, dass es eigentlich ein Unding war, ein solch wertvolles Fundstück mit nach Hause zu nehmen, aber er konnte nicht anders.

Walter schlug sein Numismatik-Handbuch auf. Auf der Seite 325 stand: *„Tiberius-Denar, maßgebliche Steuermünze aus der Zeit des Tiberius (15-37 n. Chr.). Münzstätte: Lugdunum (Lyon), hier in großer Menge geprägt. Auf der Vorderseite Kaiser Tiberius mit Lorbeerkranz, auf der Rückseite seine Mutter Livia als Frie-*

densgöttin. Vermutlich die Münze, die Jesus zu dem Bibelspruch ,Gebt dem Kaiser, was des Kaisers ist, und Gott, was Gottes ist' veranlasst hat."

War das hier die Münze, die Jesus Christus in Händen gehalten hat? Oder hat man das im frühen Christentum so geglaubt? Aber warum wirkte sie so zerstörerisch?

Walter fühlte sich unwohl, er trank einen Schluck Wasser. Dann wollte er in einem anderen Handbuch nachschauen, aber er konnte sich nicht mehr konzentrieren. Das Bild von Bianca, wie sie am Strick hing, trat fürchterlich vor seine Augen. Walter fühlte, wie große Schuld seine Seele überflutete. Wieso hat Bianca das nur getan? Wieso war sie in der Nacht zu ihm in den Schlafsack gekrochen? Sie hatte doch gewusst, dass er bald heiraten würde, sie war doch immer nur an Archäologie und Geschichte interessiert gewesen und nicht an Männern! Warum nur hatte er sie nicht weggeschickt in dieser unheilvollen Minute? Aber so, wie sie ihm zugeflüstert hatte, wie sie ihn berührt hatte, war es unmöglich gewesen, ihr zu widerstehen! Sie war völlig verwandelt, sie war die Versuchung selbst gewesen, die Schlange, die Eva den Apfel reichte, und er hatte nicht anders gekonnt, als ihrem Willen zu gehorchen, so sehr er auch gefühlt hatte, dass es falsch war.

Aber je länger es dauerte, umso schöner wurde es, und er vergaß dabei immer mehr die, die er heiraten wollte! Völlig ergeben war er ihr, völlig aufgelöst war er mit ihr in diesem Schlafsack, und Maggie war ihm nur noch gleichgültig. Und dann, als er aufwacht war, war sie weg gewesen, und er war an die Arbeit geeilt, um nicht daran denken zu müssen, was er getan hatte.

Und dann hat sie sich umgebracht!

Alles an ihm war erschüttert, er konnte es einfach nicht fassen, dass er, der von nichts so überzeugt war wie von der Heirat mit Maggie, zu so etwas fähig war! Walter konnte nicht mehr anders, er musste weinen vor Niedergeschlagenheit und bitterer Reue. Das schlechte Gewissen breitete sich in ihm aus wie schwarze Tinte, die man in ein Glas Wasser schüttet; er fühlte sich, als ob er jemanden verraten, als ob er jemanden zu Tode gebracht hätte, und er sah ein, dass er so nicht mehr weiterleben konnte! Es drängte ihn, sich ins Gesicht zu schlagen, sich ein Leid anzutun!

Da fiel sein Blick auf die rote Wäscheleine aus Kunststoff, die Maggie vor kurzem gekauft und noch nicht ausgepackt hatte. Jetzt wusste Walter, was zu tun war, wie er seine Sünde wieder ungeschehen machen konnte! Mit zitternden Händen ergriff er ein Messer und das rote Knäuel. Dann ging er hinunter in den Innenhof. Es war kurz vor zwölf, nur die Straßenlaterne draußen vor der Toreinfahrt erhellte die alte Eiche, die inmitten des Hofes stand. Daneben war eine Bank, auf der Maggie und er oft gesessen hatten. Walter fühlte sich am ganzen Körper voller Kot und voller Dreck! Er stieg hinauf auf die Bank, dröselte die Wäscheleine auseinander, knotete ein Ende an einem Ast fest, schnitt das Seil ab und umwand seinen Hals ein paar Mal mit dem anderen Ende. Seine Adern glühten, sein Körper pochte, aus seinen Augen liefen brennende Tränen über sein Gesicht.

Jetzt würde er seinem Leid ein Ende machen!

Er würde erlöst sein!

Er machte einen Schritt nach vorne.

„Walter! Walter! Bleib da oben stehen! Hörst du?! Bleib stehen!"

Maggie rannte zu ihm und umklammerte seine Beine. „Die Münze! Wo ist die Münze?!"

Walter zog das nassgeschwitzte Unterhemd aus, und Maggie stellte ihm einen Schnaps auf den Küchentisch. Die Bibel lag aufgeschlagen vor ihnen. Maggie las vor:

„Als Judas, der ihn verraten hatte, sah, dass er zum Tode verurteilt war, reute es ihn, und er brachte die dreißig Silberlinge den Hohenpriestern und Ältesten zurück und sprach: Ich habe Unrecht

getan, dass ich unschuldiges Blut verraten habe. Sie aber sprachen: Was geht uns das an? Da sieh du zu! Und er warf die Silberlinge in den Tempel, ging fort und erhängte sich. Aber die Hohenpriester nahmen die Silberlinge und sprachen: Es ist nicht recht, dass wir sie in den Gotteskasten legen; denn es ist Blutgeld. Sie beschlossen aber, den Töpferacker davon zu kaufen zum Begräbnis für Fremde. Daher heißt dieser Acker Blutacker bis auf den heutigen Tag.“

„Das kann es eigentlich gar nicht geben – aber langsam glaub' sogar ich es! Wir haben einen von Judas' Silberlingen auf dem Küchentisch liegen! Wie hast du das nur herausgefunden, Maggie?“

„Bei der Tagung gab es einen Professor namens Matthäus Jungwirth, und da dachte ich: Mensch, die Bibel! Er referierte über die neuen Möglichkeiten der Wurzelexstirpation, und als er erklärt hat, wie man mit dem neuen Kofferdam-Material die Schlaufe um den Zahn legt, musste ich unweigerlich an Bianca denken. Und als er dann eine Röntgenaufnahme vorführte, ist mir eingefallen, was unser alter Religionslehrer immer gesagt hat: Judas ist das Negativ von Jesus! Und da hat's mich wie ein Schlag getroffen: Die Münze ist vielleicht einer der Silberlinge und hat Biancas Selbstmord ausgelöst! Wahrscheinlich hatte der Denar vorher in der goldenen Scheibe gesteckt, du hattest ja erzählt, dass das Christogramm in der Mitte ein Loch hat. Das ist wie bei einem Inlay, das muss auch exakt auf den Hohlraum im Zahn passen. Ich bin dann gleich hinausgerannt und hab' bei dir an der Uni angerufen, aber Sven hat gesagt, du seiest schon zu Hause. Und weil ich hier niemanden erreicht habe, bin ich wie der Henker zurück nach Regensburg gefahren. – Tschuldigung, Henker ist vielleicht ein wenig unpassend.“

„Historisch betrachtet ist dieser Gedankengang natürlich völliger Humbug! Ich bin dir aber trotzdem ziemlich dankbar dafür! Wie gut, dass du diese fetten Historienschinken liest!“

Sie stießen an, und Walter genoss das Brennen des Schnapses in seinem Hals, der gerade noch aus der tödlichen Schlinge gerettet worden war. Dann betrachtete er das Muster des Parkettbodens. Er wurde nachdenklich.

„Maggie, ich muss dir etwas beichten! Es gibt einen Grund, warum ich so große Schuldgefühle hatte!"

Walter erzählte Maggie von der Nacht, in der sie den Hunnen ausgegraben hatten. Er erzählte ihr von Bianca und davon, dass er ganz verzaubert und verhext war von ihr. Währenddessen musste er zweimal Pause machen, um sich mit dem Schnaps Mut anzutrinken.

Maggie schwieg.

„Wenn du die Hochzeit jetzt abblasen willst, habe ich Verständnis dafür", sagte Walter.

Maggie schwieg, stand auf und ging zur Kücheninsel, sodass Walter ihren Rücken sah.

„Weißt du, an welche Geschichte aus der Bibel ich mich auch noch gut erinnern kann? An die von Jesus und der Ehebrecherin . . ." Jetzt wandte sie ihr Gesicht Walter wieder zu. „Und da wir schließlich alle emanzipiert sind, drehen wir den Spieß einfach um, und ich sage dir: Gehe hin und sündige nicht mehr! – Ich glaube, die Münze hat nun schon genug Unheil angerichtet! Außerdem möchte ich mir die Hochzeit nicht von etwas verderben lassen, was es eigentlich gar nicht geben kann. Ich verzeihe dir – aber nur unter einer Bedingung!"

„Und die wäre?"

„Die Flitterwochen möchte ich auf einem Campingplatz in Südfrankreich verbringen. Und da übernachte ich im Zelt und du im Schlafsack …!"

Noch am selben Abend fügten Maggie und Walter den Tiberius-Denar in die Christogramm-Scheibe ein, und es stellte sich heraus, dass er wie ein Schlüssel zu einem Schloss passte.

Alle Zeitungen berichteten über den Sensationsfund, der „Spiegel" vom 3. und die „Newsweek" vom 14. Mai brachten die

Geschichte sogar als Titelthema. Mehrere religionswissenschaftliche und historische Abhandlungen wurden über die Münze und die goldene Scheibe geschrieben; heute geht man davon aus, dass die Gegenstände in einer frühchristlichen Kirche in Aquileia als Heiligtum verehrt worden waren, bevor die Hunnen die Stadt plünderten. Manche Forscher stellen sogar einen Bezug zum Evangelisten Markus her, der in Aquileia das Christentum verbreitet und den Silberling aus Jerusalem mitgebracht haben soll.

Heute kann die Münze kein Unheil mehr anrichten, sie ist doppelt gesichert: Zum einen durch die goldene Scheibe, zum anderen befindet sie sich wieder an einem geweihten Ort, und zwar im Museum St. Ulrich der Diözese Regensburg, wo sie täglich von hunderten Besuchern durch eine dicke Panzerglasscheibe bestaunt wird. Um ein Feuer in der ehemaligen Kirche zu verhindern, wurden außerdem die Brandschutzmaßnahmen verschärft. Auch der Hunne und dessen Grabbeigaben sind hier ausgestellt, daneben befinden sich ein Bild und eine kurze Lebensbeschreibung von Bianca Lauschke und Monsignore Windlechner – Details wurden ausgespart ...

Walters Lehrstuhl erhielt, auf persönliche Weisung des Bayerischen Staatsministers für Wissenschaft, Forschung und Kunst, eine neue Assistentenstelle zugewiesen, „weil" – wie in den Medien verlautbart wurde – „Denkmalschutz und Archäologie einen wesentlichen Beitrag liefern zur Erhaltung des reichen bayerischen Kulturguts". An Streichungen sei im Übrigen ohnehin niemals gedacht worden.

Die Schnapsbrennerei Liebl aus Bad Kötzting bietet mittlerweile den „Haidsteiner Hunnengeist" an, welcher leicht nussig schmeckt und sich sehr großer Beliebtheit erfreut; das Etikett auf der Schnapsflasche stammt von der bis dahin unbekannten Zeichnerin Sigrid Schönberger und zeigt den Gipfel des Haidstein, dessen Kreuz in einen dämmrig düsteren Himmel ragt, wobei der Schädel des Hunnen in den Konturen des Berges verborgen liegt.

Vor kurzem ist die Geschichte als Oberpfalz-Krimi in Buchform erschienen, und demnächst wird der Stoff für das ZDF an den Original-Schauplätzen verfilmt. Hauptdarsteller sind Jan Josef Liefers, Alexandra Maria Lara und Hannah Herzsprung, Regie führt Wolfgang Becker, die wissenschaftliche Beratung übernimmt Prof. Dr. Walter Holzmann von der Universität Regensburg.

V

DAS LETZTE PHOTO

Er öffnet den Umschlag und nimmt das Heft heraus. Auf der Vorderseite ... das Photo! Es war vor einem Jahr, am 23. Dezember.

Mit einem klapprigen Oberleitungsbus fuhr Achim zum Flughafen, einem Sowjetbau aus den 60ern mit breiter Betonfassade und großen, arabischen Schriftzeichen auf dem Flachdach. Sein Flug mit der Maschine 314 der Uzbekistan Airways ging um 14.45 Uhr, Ankunft in Frankfurt um 00.55 Uhr.

Über Nacht hatte sich eine Sturmfront zusammengebraut. Windstärken von sechs bis acht wurden gemeldet, der Schnee platzte geradezu vom Himmel herab. Dann die Durchsage im Terminal, in gebrochenem Englisch: „All flights have to be cancelled because of blizzard. I repeat: All flights have to be cancelled."

Je öfter dieser Satz wiederholt wurde, desto größer wurde die Traube wütender Menschen an den Schaltern; dramatisch gestikulierende Iraner mit Silberkoffern; schrilles Kauderwelsch von Japanern und Chinesen; rotgesichtige Ölmagnaten aus Russland, deren Bodyguards noch dramatischer dreinblickten als sonst.

Achim blieb ruhig. Apathisch. Der Schneesturm passte zu seinem Aufenthalt. Es war bloßer Zufall gewesen, dass er hier zwischengelandet ist, um sich um den mittelasiatischen Markt zu kümmern, es war ja gar nicht sein Gebiet! Ursprünglich hätte er gleich nach Frankfurt weiterfliegen sollen. Nur weil sich Coleman diese hartnäckige Grippe zugezogen hatte und Achim ohnehin gerade von Tokyo nach Europa abfliegen wollte, hatte er zugestimmt, einen Tag dranzuhängen und das Geschäft hier für die Kollegen abzuwickeln. Dass es der 23. 12. war, machte ihm gar nichts aus. Ein Termin an Weihnachten war ihm sogar durchaus recht!

Doch der Kontaktmann, den er treffen sollte – wie so oft in diesen Ländern Wirtschaftsboss und Staatsbeamter in einem –, war kurzfristig nach Moskau abgereist, und die verbliebenen Leute waren nicht befugt, den neuen Vertrag zu unterzeichnen. Wahrscheinlich hatte ihnen Sony oder Kodak ein günstigeres Angebot gemacht, und Achim wurde nun hingehalten. Er hatte noch schnell mit Tokyo telefoniert und Weisungen eingeholt, doch man gab sich gleichgültig und verschob die Sache auf nächstes Jahr. „Die paar Digitalkameras, die in den Stan-Ländern verkauft werden, sind ja nur ein lächerlicher Anteil am gesamtasiatischen Markt", hatte Makoshi gesagt. Der Tag war also völlig umsonst! Und jetzt noch dieser gottverdammte Sturm!

Achim saß da und grübelte, während sich die anderen Fluggäste wie eine wilde Meute gebärdeten. Aber nach einer halben Stunde hatten sich die meisten in ihre Hotels verkrochen – wahrscheinlich bezogen sie das gleiche Zimmer, das sie vor kurzem erst geräumt hatten.

Die Stadt ist nicht gerade eine Touristenhochburg, und bei 90 Prozent muslimischer Bevölkerung ist Weihnachten im Geschäftsleben keine nennenswerte Größe. Nur ein oder zwei Weihnachtsbäume hatte Achim zu Gesicht bekommen, und von Weihnachtsliedern ist er, Gott sei Dank, verschont geblieben.

Seit der Trennung war es jedes Jahr im Dezember seine größte Herausforderung, vom Fest des Herrn so wenig wie möglich mitzubekommen. Weihnachten ist Kitsch! Eine unangenehme Störung des Arbeitslebens. Das bisschen „Stille Nacht, Heilige Nacht" bei seinen Eltern an Heiligabend war gerade noch zu ertragen, und den ersten Feiertag pflegte Achim vor dem Laptop zu verbringen, um das Weihnachtsgeschäft zu analysieren. Wirtschaftlich gesehen war das Fest natürlich topp, die meisten Digitalkameras werden im Dezember verkauft. Aber gefühlstechnisch betrachtet wäre er dafür gewesen, Weihnachten so wie Olympia nur alle vier Jahre stattfinden lassen.

Achim hatte sich entschieden, nicht zurück ins Hotel zu fahren. Vielleicht hoffte er, dass der Flug schneller wieder angesetzt würde, als das Unwetter es erwarten ließ. Vielleicht scheute er den Weg durch die frostige Stadt, vielleicht hatte er einfach keine Lust mehr, aus- und einzupacken. Zwei Tage vorher in Tokyo, davor San Francisco, Rom und Sofia, er konnte die durcheinandergeratenen Innereien seines Koffers nicht mehr sehen und freute sich darauf, wieder im Büro in Berlin zu sein und die Dinge elektronisch abzuwickeln.

Nur ein paar Fluggäste befanden sich noch im Terminal und warteten. Der Rest ließ sich per Handy verständigen, wann es weitergehen würde. Das Gezeter ebbte ab, das Rütteln des Windes an die einstmals wohl gelben Kunststofffenster hallte durch die Gänge. Im Hintergrund hörte man die Verkäufer des Basars krächzen, der in einer Seitenhalle untergebracht war. Die Menschen drängten sich dort vor den Ständen; Mäntel, Fellmützen, Turbane, Plastiktaschen schwirrten durcheinander.

Da setzte sich eine Frau neben ihn auf die Bank. Er musterte sie kurz – Anfang 30, groß, feingliedrig, vital – und blickte auf die Tafel, auf der unverändert alle Flüge als „deleted" angezeigt wurden. Manche Leuchtbuchstaben waren defekt, der Flug nach Peking war „elete", der nach Teheran „dele".

„Are you German?", fragte sie ihn.

„Yes."

„Wo wollen Sie hin?", fragte sie ihn in recht gutem Deutsch.

„Istanbul, Frankfurt und dann weiter nach Berlin." Eigentlich wollte es Achim bei dieser Antwort belassen, mühselige Smalltalks auf Flughäfen oder Bahnhöfen hasste er wie die Pest.

„Und Sie?", fragte er aus irgendeinem Grund trotzdem.

„Nach Moskau und dann nach Stockholm. Dort wohne ich zurzeit."

Jetzt erst fiel ihm ihr überdimensionaler Rucksack auf, sie hatte wohl noch nicht fertig eingecheckt und sah aus, als wolle sie einen Himalayagipfel erobern, die Seitentaschen an den Oberschenkeln waren prallvoll, die klobigen Wanderschuhe waren verdreckt und abgewetzt, ein Zelt hatte sie offenbar auch dabei.

„Ich bin seit fünf Monaten auf Phototour, für einen Bildband, ‚Vom Aralsee bis zur Wüste Gobi' heißt der Titel." Sie sagte das ganz uneingebildet, ohne jeglichen Stolz, so, als ob sie gerade eine stinknormale Busfahrt durch Stockholm gemacht hätte. „Seit Beginn der Reise steht fest, dass ich heute zurückfliegen werde, aber anscheinend will mich der liebe Gott noch ein wenig hier behalten, damit ich noch mehr von seiner tollen Schöpfung photographiere."

„Das ist ja ein schöner Zufall, ich habe beruflich auch mit Photos zu tun, ich arbeite für Canon. Eigentlich bin ich für Mitteleuropa zuständig, hier bin ich nur ausnahmsweise. – Ich hoffe übrigens, Sie photographieren mit der richtigen Marke!"

Sie lächelte, schüttelte den Kopf und packte eine Leica M6 aus, die ebenso wie ihre Schuhe schon recht weit herumgekommen war.

„Natürlich photographiere ich mit der richtigen Marke! Die hier hat schon mein Vater benutzt! Bessere Bilder gibt's nur von Picasso!"

Die nächste Stunde verbrachten sie mit Fachsimpeleien und einem durchaus amüsanten Streitgespräch über die Vorteile von neuen und alten Kameras.

Sie war der Meinung, dass ein Bild nur dann ein fertiges, ein richtiges Bild sei, wenn man es auch selbst entwickelt habe; ein Baby müsse schließlich auch erst im Mutterleib heranreifen, bevor es geboren wird. Das mit der Computerknipserei sei, als ob das Kind gleich nach der Empfängnis hinaus in die Welt geworfen werde, ohne Schmerzen, ohne Gefühl, ohne Seele. „Verfließbandung" nannte sie das in ihrem hübschen Deutsch-Schwedisch: Je mehr Photos man mache, desto schlechter photographiere man. Früher habe man sich bei jedem Motiv überlegt, ob man wirklich auf den Auslöser drücken solle, heute schieße man drauf los wie mit einem Maschinengewehr. Ein Photo, sagte sie, wobei ihre Augen blau in der Luft herumschweiften, brauche eine Geschichte, und Geschichten brauchen Zeit; wenn tausend Photos auf einem Stick herumwimmeln wie Maden, dann würden die Geschichten ersticken. Und eine Kamera, die tote Bilder mache, habe selber kein Leben. Ihre Leica dagegen sei wie ein Ehemann, manchmal sei es wunderbar, und manchmal sei es fürchterlich, aber niemals langweilig, immer lebendig.

Achim war natürlich anderer Meinung und machte sie, nachdem sie beschlossen hatten, sich zu duzen, auf mehrere Widersprüche in ihrer Argumentation aufmerksam. Doch selbst wenn er, wie er glaubte, offensichtlich im Recht war, sagte sie kein einziges Mal: ‚Okay, da hast du Recht', sondern blickte gedankenvoll in Richtung Basar. Bei seinem Hauptargument, dass mit der Anzahl der gemachten Photos auch die Wahrscheinlichkeit steigt, dass ein paar wirklich gute darunter sind, schüttelte sie nur lächelnd den Kopf. Dann griff sie in ihren Rucksack und zauberte eine Art Schnaps hervor, der das „Gemüt erglüht", wie sie sagte.

„Ich werde dich noch heute davon überzeugen, dass du falsch liegst, Achim!"

„Da bin ich ja mal gespannt, ob dein kleiner Ehemann wirklich so gut ist."

„Zumindest besser als der echte."

„Der war wohl eifersüchtig auf deine M6?!"

„Ihr Männer seid unmöglich, ihr müsst immer denken: haben oder nicht haben, groß oder klein, leicht oder schwer, schön oder hässlich! Ihr habt keine Poesie!"

„Na, das halte ich aber für eine Fehlinterpretation! Du glaubst wohl, ich hätte nur Sinn für Technik! Ich habe durchaus etwas mit Poesie am Hut!"

„Das verstehe ich nicht. Was für einen Hut meinst du?"

„Das heißt, ich habe eine sensible Ader, ich mag schon Gedichte und so Zeugs – zum Beispiel finde ich die Weihnachtszeit superschön und überhaupt nicht kitschig!"

Er wusste selbst nicht, warum er das sagte; als ob er es darauf abgesehen hätte, sie davon zu überzeugen, dass er besser als ihre Leica ist …

„Wir können es ja ausprobieren", fuhr Achim fort. „Wir machen ein schönes, gefühlsduseliges Weihnachtsbild, gleich hier auf dem Flughafen! Ist ohnehin traurig, dass man so wenig Christbäume sieht und Weihnachtslieder hört, man bekommt ja direkt Heimweh! Wir basteln eine Weihnachtsatmosphäre, und du machst ein Photo, nur ein einziges, und auf dieses kommt dann alles an! Ist es gut, hast du Recht, ist es nicht gut, ich!"

„Okay! Was machen wir? Soll ich mich als Engel verkleiden, ‚Jingle Bells' singen und auf den Selbstauslöser drücken?"

„Stell mal dein Zelt auf! Draußen beim Eingang, vor dem großen Plakat mit der McDonald's-Werbung! Da bauen wir eine Krippe! Was wir brauchen, finden wir sicher auf dem Basar."

Der Schalterdame mit dem asiatischen Nomadengesicht und dem schlechten Englisch sagten sie, es handle sich um einen Beitrag für das Time-Magazin, sodass sie schließlich vor Begeisterung nickte und ständig „Daim-Magasinn, Daim-Magasinn" plapperte.

Inka baute mit ein paar raschen Handbewegungen das Zelt auf, und dann gingen sie durch ein orientalisch geformtes Eingangstor mit vielen bunten Fliesen auf den Basar. Hundert Hände streckten sich ihnen entgegen, mit Datteln, Feigen, Äpfeln und anderen Früchten – Allah allein weiß, woher sie mitten im Winter kamen. An Imbissständen drückten ihnen die Kaufleute Kostproben von Schaschlick, Plov und bunt-süßem Gebäck in die Hände, aber sie hatten anderes im Sinn. Endlich stießen sie, es war an einem Stand mit UdSSR-Plunder, auf einen Volltreffer: Ein Kommunismus-Stern, feuerrot, mit Glühbirne und Kabel. Nach ein bisschen Feilscherei mit dem heiseren Verkäufer hatte Achim den Stern unter seinem Arm. Am nächsten Stand kauften sie einen alten Benzinkanister, am übernächsten eine arabeske Metalllampe, in die Dutzende von kleinen Löchern gestanzt waren. Dann eine Stange Zigaretten, dann zwei nachgemachte Rolex-Uhren, eine Staude von einem seltsam duftenden Gewürz und schmutzig braune Räucherstäbchen. Schließlich noch ein Verlängerungskabel, einen Schraubenzieher und an einem Spielzeugstand einen billigen Fußball „made in Pakistan" und eine täuschend echte Maschinenpistole aus Plastik. Sie waren regelrecht entflammt von ihrer Idee!

„Hoffentlich hält der Sturm noch ein wenig an", sagte Achim.

„Ausnahmsweise gebe ich dir Recht. Aber das, was wir haben, reicht noch nicht! Wir brauchen Menschen!"

„Die lassen sich mit ein paar Dollar leicht überzeugen!"

Einem Taxifahrer mit Goldzähnen und blauer Adidas-Mütze zahlten sie zehn Dollar, damit er direkt neben dem Zelt parkte. Sein hellroter Mercedes aus den 70ern sah aus wie das Verfolgungsauto aus einem James-Bond-Film, breit, wuchtig, suspekt. Einem Zeitungsausträger mit Turban zahlten sie fünf Dollar, damit er sich mit seinem alten Herkules-Moped neben den Mercedes platzierte. Ein hübscher junger Muslim, dem der linke Unterschenkel fehlte und der mit Krücken und Prothese durch den Basar hinkte, bekam – Inka hatte Mitleid – fünfundzwanzig Dollar. Dann erfeilschten sie sich noch die Dienste eines buckeligen Schuhputzers, eines Pistazienverkäufers mit dickem Schnauzbart und eines Teppichhändlers mit Fellmütze, der ständig auf seinem Handy herumklimperte.

„Jetzt fehlt nur noch die Hauptsache!", sagte Inka, während Achim über dem Zelt eine Uhr herunterschraubte und den Kommunismusstern montierte, dem sie mithilfe der Antenne von Inkas kaputtem Weltempfänger, ihrem roten Lippenstift, einer Zeitung vom Vortag und dem Leukoplast aus Achims Reiseapotheke einen schönen Schweif verpasst hatten.

„Ja, jetzt fehlt nur noch die Hauptsache!", antwortete er.

Bei der großen Kälte und den permanenten Schneeverwehungen wäre es ein Wunder gewesen, auf dem Flughafen am Rande der Stadt einer Mutter mit einem kleinen Baby zu begegnen. Sie machten zum dritten oder vierten Mal die Runde durch den Basar, hielten Ausschau nach jungen Müttern, fragten sogar bei einigen Händlern nach – laut Inka glaubte man bereits, die beiden Fremden seien ein Filmteam aus Hollywood –, aber alles war vergebens, und die Komparsen verlangten wortreich Zulage wegen der langen Wartezeit.

Es wurde Abend. Neonröhren schalteten sich flackernd ein. Nach einer weiteren Tasse usbekischen Kräutertees, der schmeckte wie ein entwerteter Geldschein aus irgendeiner Inflationszeit, unterbrach Achim die Suche für eine kleine Weile und eilte auf die Flughafentoilette. Offenbar war diese erst vor kurzem renoviert worden, zum Wohle der Fluggäste und der verantwortlichen Baufirma. Als er eintrat, warf er ein Geldstück in einen Porzellanteller, neben dem eine verschleierte Frau saß. Als er wieder hinaustrat und sich die Hände wusch, erkannte er plötzlich im Spiegel, dass er gefunden hatte, wonach sie suchten: Die junge Toilettenfrau mit dem schwarzen Schleier und den tiefen grünen Augen war hochschwanger! Achim legte zehn Dollar auf den Teller und wollte sie auf Englisch überreden mitzukommen, aber sie verstand nicht. Er legte noch einen Zehner drauf und machte eine Photographier-Geste, aber sie verstand nicht! Er bat einen einheimischen Toilettenbesucher, der des Englischen mächtig war, ihr zu erklären, was er wollte, aber sie schüttelte nur den Kopf und blieb sitzen.

Die Lautsprecherdurchsage erschallte: Der Sturm hatte sich gelegt, der Flugbetrieb würde in einer halben Stunde wieder aufgenommen.

Da kam Inka in das Männerklo! Sie sagte zu der schwangeren Usbekin ein paar Worte in ihrer Sprache, und schon stand die Frau auf und lief in Richtung Ausgang, wo sich die Männer – mit Ausnahme des schönen Muslimen mit der Prothese – in Rage geredet hatten. Als sie Inka sahen, stürmten sie auf sie zu, doch innerhalb weniger Minuten schaffte sie es, die Komparsen in ihren dicken Wintermänteln so aufzustellen, wie sie es haben wollte: Der Moped-Besitzer mit dem Turban und der Taxifahrer mit der Adidas-Mütze und dem hellroten Mercedes waren rechts neben dem grünen Zelt postiert, bei ihnen der Benzinkanister, der in einer Schneeverwehung steckte; links daneben der Teppichverkäufer mit der Stange Lucky Strikes, der Schuhputzer mit den falschen Uhren und einer Handvoll Dollar, der Pistazienverkäufer mit den Gewürzen und dem Fußball. Der einbeinige Muslim mit dem schönen Gesicht und der Maschinenpistole stand direkt vor dem Zelt, in dem die orientalische Lampe in hundert Strahlen leuchtete. Daneben die schwangere Maria mit dem Schleier, ihre grünen Augen blitzten wie die eines sibirischen Tigers. Und hinter dem Zelt eine blasse Neonlampe, ein riesiger Hamburger, kyrillische, arabische und lateinische Werbesprüche.

Achim steckte das Kabel in die Buchse, und schon erstrahlte der Stern des Sozialismus bedrohlich rot mit seinem Zeitungsschweif. Dann zündete er die Räucherstäbchen an, die sogleich einen verwirrenden Duft verströmten. Inka gab noch ein paar Anweisungen. Jetzt sah jeder unverwandt in Richtung Kamera, die beiden Hirten, die Heiligen Drei Könige, Maria und Josef, ohne jeglichen Ausdruck, weder waren sie fröhlich, noch traurig. Irgendwie hat Inka es geschafft, dass sie nur dastanden, zu ihr schauten und neutral waren – als hätte die Kälte sie eingefroren.

Inka stellte Kamera und Blitz ein, und ohne langes Zögern drückte sie auf den Auslöser und machte das Photo. Dann rief sie den Komparsen etwas zu, diese lachten, klatschten und gingen ihrer Wege.

Inka stand da und drehte an ihrer Leica.

„Das ist das letzte Photo meiner Reise gewesen!", sagte sie. „Der Film ist voll."

Der Schneefall ließ nach.

„Ob wir uns wiedersehen?", fragte Achim.

„Mein Flug geht gleich. Wenn das Photo gut geworden ist, werde ich mich bei dir melden", lachte sie, faltete ihr Zelt zusammen und eilte mit Sack und Pack in den Terminal.

Achim hatte noch ein paar Minuten Zeit, und irgendwie – er wusste nicht, warum – lag ihm ein Weihnachtslied auf den Lippen.

Achim sitzt in seinem Büro. Er betrachtet die Titelseite des „Time Magazin".

„Picture of the year" steht über dem Photo.

Es war wirklich so: Keiner von den Menschen auf dem Bild zeigt eine Regung, sie sehen den Betrachter an, als wären sie frei von Vergangenheit und Zukunft. Und doch läuft einem ein kleiner kalter Schauer über den Rücken, wenn man die Maschinenpistole und die Prothese neben dem schwangeren Bauch sieht, wenn die Heiligen Drei Könige ihre dubiosen Gaben überreichen und der Stern von Bethlehem rot wie die untergehende Sonne und Marias Augen smaragdgrün leuchten. Fast könnte man glauben, ein wenig von der Kälte, die damals herrschte, strahle ab von diesem Bild. Inka hatte Recht: Das Bild ist eine Geschichte. Es hat die Zeit gespeichert.

Achim zündet eine Kerze an und blickt nach unten auf den nächtlichen Platz, auf dem der Weihnachtsbaum glitzert. Dann schaut er noch einmal auf das Photo und wählt die Telefonnummer, die sie in kleinen Ziffern auf den Seitenrand geschrieben hat.

VI

DER LEKTOR
IN DER UNTERWELT

Hoffmann klackt seinen Koffer auf. Manuskriptseiten quellen heraus. Ich nehme noch einen Schluck Kaffee. Hoffmann versucht, sie zu ordnen. Vergeblich.

Wie viel Stunden habe ich eigentlich geschlafen in dieser Nacht? Vier? Drei Mal haben wir Jonas das Fläschchen gegeben. Oder waren es vier Mal? Zurzeit ist er wirklich unersättlich! Und das Schreien geht einem durch Mark und Bein! Gerade in der Nacht! Vielleicht sollten wir mehrere Fläschchen mit Pulver bereithalten? Dann dauert es nicht so lange, bis er seine Milch bekommt, der hellblaue Vielfraß. Die Blähungen machen ihm auch schwer zu schaffen. Wenn er wie wahnsinnig drückt und von einer Sekunde auf die andere feuerrot anläuft, kriegt man fast selber Krämpfe im Bauch. Direkt nach der Sitzung muss ich unbedingt in die Apotheke und die Tropfen kaufen, die mir Silke auf den Zettel geschrieben hat. Hoffentlich hab ich ihn eingesteckt!

Gleich beginnt die Programmkonferenz. Die Neue soll sich auch vorstellen. Ich gähne durch die Nase, damit es nicht auffällt. Gestern bis zwölf lektoriert, ab fünf im Bett herumgewälzt, und das schon seit Tagen! An eine normale Verbringung der Nacht ist überhaupt nicht zu denken! Oder heißt es „normales Verbringen"? Silke macht die Sache wunderbar! Aber sie ist keine Frau mehr. Sie ist eine Mama-Maschine!

Seit dem siebten Monat ist nichts mehr gelaufen. Da war immer mehr der Bauch im Weg, und wir haben einfach nicht mehr gewollt. Will ich jetzt? Lust hätt' ich schon! Wie sich gestern die Praktikantin runtergebückt hat, um die Vertragsformulare aus der Schublade zu holen . . . Das Bündchen von ihrer schwarzen Unterhose hat man sehen können, darüber ein Schlangen-Tattoo – diese jungen Weiber von heute, man könnte direkt . . .

Die Tür geht auf, Wagenknecht kommt herein mit einer Rothaarigen an seiner Seite. Hoffmann stülpt noch schnell eine Büroklammer über ein Exposé, dann klappt er den Koffer zu.

Verdammt! In der Hosentasche ist er nicht! Wo habe ich nur den Zettel mit diesem Mittelchen hingekramt? Vielleicht in der Lederjacke im Büro? Zur Not kann ich ja anrufen. Aber dann heißt es gleich wieder: ‚Norbert, du Schussel, denk doch mal mit! Du hast nur noch deine Sagen im Kopf!‘ – Stimmt ja, letzten Samstag habe ich den Geldbeutel bei Ikea an der Kasse liegen lassen, das war dumm! Aber ich hab' halt nicht den gleichen naturgesetzlichen Häuslichkeitstrieb wie Silke! Da kann man schon mal abschweifen mit den Gedanken, wenn man von der einen Stehlampe zum anderen Sofabezug zum nächsten Kinderbett geschleift wird und die Frauenwelt derart sommerlich gekleidet ist!

„Sehr geehrte Damen und Herren, guten Morgen allerseits. Ich darf Ihnen, wie angekündigt, Frau Doktor Nina Sachs als neues Mitglied im Lektorat vorstellen. Frau Doktor Sachs kommt vom

Aufbau-Verlag zu uns und hat die letzten drei Vargas lektoriert.

Frau Doktor Sachs wird dir, Norbert, heute ein wenig unter die Arme greifen, damit wir mit dem antiken Sagenbuch termingerecht fertig werden. Schnapp' dir die Dame gleich nach der Konferenz und mach' mit ihr das Nötige, morgen um zehn Uhr müssen die Fahnen fertig sein, Köhlmeier wartet schon."

Kurzes Blicken. Kurzes Nicken. Sie sieht wieder weg.

Spinnt der Wagenknecht jetzt völlig? Ich werde auch ohne die Aufbaumaus fertig! Noch eine Nacht durcharbeiten, und morgen hat der Köhlmeier seine vermaledeiten Fahnen, und nächste Woche geht der ganze Sums in Druck! Wie kommt er nur darauf, mir jemanden zur Seite zu stellen?! Die weiß doch gar nicht, worum es geht, Herrgott noch mal! Aber leider zu müde zu protestieren! Egal, morgen ist der Quatsch rum, und ich hab' eine Sorge weniger am Hals. Wenn nur nicht diese verdammten Blähungen wären! Warum gibt's die überhaupt? Bringen die vielleicht was für die Evolution? Man fragt sich wirklich, wie die Menschheit so weit gekommen ist, wenn es 50 Prozent der Babys die Därme zerreißt!

„… habe ich Fred Vargas persönlich kennenlernen dürfen und kann sagen …"

Wenigstens sieht sie gar nicht so übel aus! Kategorie schlank gebliebene Mittdreißigerin mit roten Wellen und Schminke. Unter dem Lack schlummert allerdings ein wenig Müdigkeit, der Umzug von Berlin nach München war wohl etwas aufreibend. Bücher sind etwas Grauenhaftes, wenn man sie alle zwei Jahre durch die Republik schleppen muss. Glücklicherweise habe ich damals das Umzugsunternehmen beauftragt, sonst hätte ich es heute wohl noch ärger im Kreuz, reicht schon das Windelwechseln am Wickeltisch, irgendwie muss es da eine rückenschonendere Lösung geben, vielleicht sollten wir einfach die Kommode nehmen, die wäre ein wenig höher.

„… freue mich also auf meine Tätigkeit bei so einem traditionsreichen Verlag und wünsche uns eine gute Zusammenarbeit."

Mensch, die hat fast die ganze Zeit mich angesehen mit ihren blauen Augen, und ich hab' es gar nicht richtig bemerkt vor lauter Dumpfheit. Sieht wirklich gut aus, ein wenig blass zwar, aber durchaus kurvig! Hat was Aphroditenhaftes, wenn sie ihre linke Schulter so statuesk nach oben rümpft! Und mit den dicken roten Wellen gleicht sie fast Medusas schöner Schwester.

Hoffmann ist nun dran mit seinem Bericht über den historischen Roman von Eike Kalin. Noch einiges zu tun an dem Manuskript, aber vielversprechend. Bis zur Buchmesse fertig und werbetauglich. Hoffmann schlägt trotz gewisser Längen im Mittelteil die große Variante vor. Oldtimer, Berlin, Nazikrimi, das zieht immer! Und zwei Preise hat der Kalin ja auch schon eingeheimst im letzten Jahr, die SZ hat einen schönen Bericht über ihn gebracht, da kann man schon ein wenig hinaufgehen mit der Auflage.

Jetzt fällt's mir ein: Ich hab' den Zettel auf dem Schreibtisch neben dem Homer liegen lassen! Verdammt! Ich muss anrufen!

Ihre blauen Augen leuchten schon wieder in meine Richtung und gleiten schnell zu Hoffmann weiter. Die Sommersprossen auf ihrem Nasenrücken passen so gar nicht zu ihrer Lektorinnenuniform mit Bluse, Stoffhose und Jackett, aber gerade das macht's aus!

Gerhard referiert jetzt über die Lollobrigida-Biographie, der Übersetzer ist hinten dran, wie sollte es auch anders sein.

Sie gähnt durch die Nase, damit es nicht auffällt.

Sexy Lippenstift!

Dunkelrot!

„Ich muss noch kurz zur Apotheke, aber dann können wir, wenn Sie wollen, loslegen", sage ich.

„Ich muss auch noch mal kurz nach Hause. Wann soll ich wieder da sein?", sagt sie.

„Um vier?"

„Es ginge auch schon um drei!"

„Von mir aus sehr gerne, je eher, desto besser! Also bis um drei!"

„Vielleicht nehmen Sie auch ein Päckchen Aspirin mit von der Apotheke! Womöglich brauchen wir ja ein wenig länger – oder ein wenig Wein . . .“

Nicht unsympathisch, muss man schon sagen! Ganz anders als die Brüsing-Techert. Gott sei Dank ist die jetzt bei Rowohlt! Soll sie bei denen die Umwelt mit ihrer Laune verpesten! Die Bluse sieht hervorragend aus, im wahrsten Sinne des Wortes! – Lefax! Richtig! So heißt das Mittel gegen die Blähungen! – Und wenn ich außerdem ein Päckchen Kondome mitnähme? „Ein wenig länger – oder ein wenig Wein?“ Ganz schön geil sieht die aus mit ihren 35 und mit ihrer kleinen Verschlafenheit! Die ist sicher solo, sonst würde sie nicht so schauen! Einfach nur nett ist ausgeschlossen, schließlich ist sie Lektorin! Man könnte ja zu Hause anrufen, dass es ein wenig später wird, weil die Fahnen heute schon fertig werden müssen … Mit den dicken, braunroten Wellen erinnert sie mich fast ein bisschen an Hanna, mit der ich damals im Grundstudium fast täglich … Mensch, so ein Wahnsinn! Das Baby hat schlimme Blähungen, und Sex ist das einzige, woran … Aber Kondome brauche ich ja ohnehin, siehe das Kapitel „Verhütung nach der Geburt“.

Wo ist also das Problem?

Tantalos steht im Wasser, das ihm bis zur Hüfte reicht, er hat großen Durst. Wenn er sich niederbeugt, um zu trinken, dann weicht das Wasser weg, und er greift in den Sand. Er hat großen Hunger, direkt am Ufer stehen Bäume, schwer beladen mit den schönsten Früchten. Wenn er sie aber pflücken will, bläst ein Wind die Zweige beiseite, und er greift ins Leere.

„Norbert …“

Ein fruchtiger Duft reißt mich aus meinen Gedanken. Das Parfum kenne ich doch!

„… was hältst du davon, wenn wir uns das Manuskript vorlesen? Das würde zwar ein bisschen länger dauern; aber ein Text lebt von der Melodie, und letztendlich würden wir, glaube ich, trotzdem Zeit sparen. Und mehr Spaß hätten wir auch! – Ich würde also vorschlagen, du räumst die Blätter von der Couch, und ich mache den Rotwein auf!"

Ihre blauen Augen blitzen wie ein Gewitter, als sie das sagt, und die Flüssigkeit gurgelt rot wie die Nacht in das Glas.

Die zweite Rotweinflasche ist ausgetrunken, vier Kapitel noch. Die Kondome stecke ich, während sie auf dem Klo ist, um eine Tablette Aspirin zu nehmen, hinter den Umberto Eco. Griffbereit! Wie damals mit Birgit! Sie kommt zurück, ohne ihr Jackett! Ein Traum aus einem früheren Leben!

Sie liest mit einer Stimme, die nackt ist vor Verruchtheit: *"Und dann näherte sich der Gott Dionysos der schönen Amazone, die alle Waffen sinken ließ, sich die Rüstung vom Leib riss, die nackten Brüste offenbarte und sich in den erhobenen Speer des Gottes stürzte."*

Fasziniert verfolge ich, wie sich beim Einatmen ihre Nasenflügel weiten, wie ihre langen Finger mit den schwarzen Nägeln betont bedächtig umblättern, wie sie im Schneidersitz eine DIN-A4-Seite von mir entfernt im Takt des Textes hin- und herwippt, wie sie über ihre randlose Brille blickt, während sie die Pausen aufreizend in die Länge zieht. Auf stilistische Fehler kann ich mich schon lange nicht mehr konzentrieren, alles Blut hat sich zusammengeballt. Manchmal, wenn sie mit einer Seite fertig ist, lächelt sie ironisch, wirft einen Blick auf eine Stelle meines Körpers, schleckt sich mit der Zunge genüsslich am Zeigefinger und fährt, wenn ich herankomme, fort, indem sie mit der feuchten Fingerkuppe umblättert und grinsend weiterliest: *"Da floss die wilde Göttlichkeit des Dionysos in die Nymphe, und sie verwandelte sich sogleich in einen Rebstock, der Tausende von Trauben trug und sein Geschlecht über die ganze Insel verbreitete.* – Eine wunderbare Geschichte, nicht wahr? Am liebsten würde man gleich nach Griechenland fliegen und die Handlung vor Ort nachspielen! Was hältst du davon?"

"Man könnte sie auch in Deutschland nachspielen. Was hältst du davon?"

94

Sie kichert los und gibt mir einen kleinen Klaps auf den Oberschenkel, ganz in der Nähe der Zusammenballung.

„Ich muss dich warnen!", sagt sie gespielt streng. „Mein Bleistift ist spitzer als jedes Amazonenschwert! – Und deiner . . ."

Sie rückt ein wenig näher.

„Jetzt bist du wieder dran", flüstert sie mit weinroter Stimme und reicht mir das Manuskript. „Wir wollen doch so schnell wie möglich fertig sein, um den nächsten Flug nach Athen zu erwischen …! So, mein Lieber, nun mach mir den Zeus, bitteschön!" Sie zieht ein theatralisches Gesicht wie eine Schauspielerin aus der Stummfilmzeit, breitet weit die Arme aus und klappt sie kreuzartig wieder über ihren Brüsten zusammen, während sie vornüber sinkt. Mit ihren Händen greift sie mir an die Knie und richtet sich lachend wieder auf.

Ich eile auf die Toilette, um die Blase frei zu kriegen. Schreibe Silke eine SMS, dass es noch ein wenig später wird. Als ich zurückkomme, legt sie ihr Handy beiseite. Sie hat ihre Bluse ausgezogen und nur noch ein Spaghettiträgerding an, das einem Luftzug mehr ähnelt als einem Textil. Ich setze mich zu ihr auf die Couch, wir verknoten unsere Beine ineinander. Ich lese. Versuche, die Stimme zu kontrollieren, aber sie flattert wie ein Schmetterling im Sturm. – An dem neuen Mobile für Jonas hängen auch Schmetterlinge, zwei rote und zwei blaue, mit lächelnden Gesichtern.

Ich muss verrückt sein! Was mache ich hier?

„Wieso liest du denn nicht weiter?"

Vor mir ist nur noch das paradiesische Blau ihres Blicks, ein Duft aus Wein und Hormonen und weiblicher Zauber. Ein paar Reste ihres Lippenstifts kleben an den wunderschönen Zähnen und wollen dringend weggelutscht werden!

Aber ich darf nicht! Ich muss nach Hause, ich muss hungern, ich muss Jonas die Tropfen mit dem Plastiklöffel geben, ich muss in der Nacht dreimal wachwerden, ich muss das Mobile ein bisschen höher hängen, ich muss … lektorieren:

„Und dann verwandelte sich am Strand der Stier in einen Menschen, und sie gingen aufeinander zu, und sie fuhren sich durch das Haar, und sie rieben sich an göttlichen Körpern, und sie liebten sich tausendmal, bis der Mond und die Sonne gleichzeitig am Himmel standen wie die Knospen einer jungen, wunderschönen Frau ..."

Stille!

Blicke!

Rausch!

Brüste!

Speer!

Stier!

Hunger!

Blicke!

Stille!

Eine heiße Hand zieht meinen Kopf an eine Brust, die nicht die von Silke ist. Ich drohe zu platzen. Meine Gedanken zittern, die Schwärze des Ausschnitts ist eine griechische Bucht, in der man in einer schwülen Nacht versinkt. Der Chor der Sirenen flüstert in mein Ohr: „Ich würde so gerne mit dir am Strand von Kreta liegen, meine Rüstung herunterreißen, die Früchte der Bäume in deinen Mund hängen lassen, den Wein von deinem Rebstock kosten!"

Müde sieht sie aus, als ich den Kopf hebe.

„Aber ich darf nicht! ... Ich muss nach Hause."

Das Wasser weicht zurück, in meinen Händen ist Sand, und die Früchte schnellen nach oben, unerreichbar.

„Mein Mann wartet auf mich mit unserem kleinen Baby."

In meinem Kopf ein Schock, der an Erlösung grenzt. Ich küsse sie auf die Wange und spüre das Pochen in unserem Hals.

„Meine Frau wartet auch auf mich mit unserem kleinen Baby."

Der Mond schiebt sich über die Sonne. Alles ist dunkel.

„Wir sind wohl hungrig gewesen?", sagt sie leise. Ihr Lächeln sieht diesmal ganz anders aus, wie das von Silke, wenn sie das Baby zurück ins Bettchen gelegt hat und müde unter die Decke schlüpft.

„Ja, so kann man es sagen. Hunger! – Am besten wir gehen nach Hause und machen das letzte Kapitel morgen. Ich hör' den Kleinen schon schreien."

„Wie spät ist es?", flüstere ich benebelt.

„Halb drei", antwortet sie benommen.

„Ich geb' ihm das Fläschchen, du kannst weiterschlafen", bemühe ich mich zu artikulieren.

„Nein, schlaf du weiter", flüstert sie. „Du hast einen harten Tag vor dir. Wann beginnt die Konferenz?"

„Um acht."

„Du hast doch gesagt, ihr kriegt eine Neue. Vielleicht kann dir ja die ein wenig helfen. Und jetzt träum was Schönes!"

VII

Der Zug hat Verspätung.

Die Leute starren auf die Gleise. Schreiben SMS. Schnaufen Wolken in die Bahnhofshalle. Überall Weihnachtsbäume. „Feliz Navidad".

Man wartet.

Neben dem Imbissautomat ein junger Mann. Unscheinbar, schwarz, mit Laptoptasche.

Er hat einen roten Fleck auf dem Oberarm.

Er betrachtet mit leerem Blick die halb heruntergebrannte Zigarette zwischen seinen Fingern. Die Aschenspitze ist schon ziemlich lang. Jetzt zieht er an der Zigarette. Die Asche bricht ab. Er sieht hoch. Schlaue Augen! Er schaut sich um. Er schnippt den brennenden Stummel auf einen Stoffmantel zwei Meter vor ihm. Die Zigarette prallt ab, fällt auf den Boden, glüht weiter.

Die Anzeige klackt.

„Feliz Navidad".

Leute mit Taschen.

Nichts geschieht.

Man wartet.

Der Junge lächelt.

„Was machst du in den Ferien, Julian?", hat Verena ihn gefragt. Er hatte keine Lust auf Smalltalk; da hat er sich einen Spaß erlaubt.

„Ich gehe ins Kloster."

„Du spinnst!"

„Nein, wirklich! Ich habe eine Woche Klosterurlaub gebucht! Mit Schweigegelübde! In Rom! Mir stinkt der ganze Kommerz! Eine Woche lang werde ich meditieren und zu mir selbst finden!"

Sie glaubt ihm sofort! Er sieht's an ihrem Lächeln.

„Find ich toll, dass du so was machst!"

„Die Ruhe ist so kostbar in dieser lauten Welt!"

„Mensch, du musst mich unbedingt anrufen, wie es gewesen ist!"

Den Teufel wird er tun!

„Ja, das werd' ich!"

„Ist hier noch frei?", fragt eine Oma. Er ist zu müde für eine Antwort. Er starrt nach draußen, auf die Gleise. Sie schüttelt den Kopf und geht weiter. Eine Schminkefrau setzt sich neben ihn. Ihr Parfum riecht wie Hubba Bubba. Krasse Geschmacksverirrung!

Der Zug fährt durch den Winter. Heiße Luft strömt aus der Wand. Ein Handy bimmelt. Nichts tut sich. Er fühlt sich schon wieder wie in einem Raum ohne Luft, wie in einem Vakuum. Gleich wird er ersticken! Er holt den Laptop heraus. Er knallt ein paar Figuren ab. Volltreffer in den Kopf, schon beim ersten Versuch! Zwanzig Punkte! „Very high precision!" Verdammt,

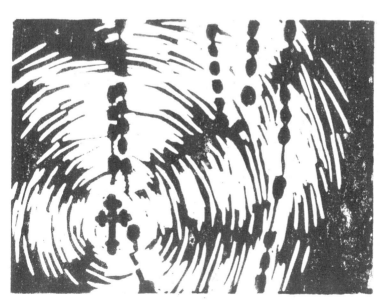

das Spiel ist zu leicht, in zwei Minuten ist der Rekord geknackt! Seine Eltern werden ihm sicher wieder so ein Schrottspiel mit Einschlafgarantie schenken. Das können sie gleich in die Schüssel schmeißen. Von dem Geld, das er kriegt, wird er sich gutes Material kaufen!

Mensch, wie konnte er das vergessen, an Weihnachten ist er ja gar nicht zu Hause! Die werden sich wundern! Mama wird hysterisch werden und zu heulen anfangen, Papa wird im Eck stehen, den Kopf schütteln und nach dem Streit seine Akten wegarbeiten.

„Der kommt schon wieder, ganz sicher. Beim letzten Mal war er ja auch nach zwei Tagen wieder da."

„Das ist typisch für dich, alles zu verharmlosen! Dass er zwei Tage in den Alpen mit irgendwelchen Typen herumgeballert hat, ist dir wohl entfallen!"

„Sind wir damals nicht auch ab und an ausgebrochen, wenn uns alles zu eng geworden ist?"

„Aber wieso gerade an Weihnachten?"

„Na, das ist Protest, er will damit …"

Blablablabla! Die werden sich wundern, wenn sie den Fernseher anschalten!

Das war geil damals!

Daheim die absolute Leere! Immer die gleiche Zuneigungsleier: „Und, wie geht's dir im Leistungskurs?" – „Und, wie geht's dir mit'm Auto?" – „Und, wie geht's dir mit den anderen?"

Die anderen haben ihn auch extrem angeödet. Tun immer das Gleiche, sind immer normal, keiner dabei mit Ideen!

Das mit den Alpen war ziemlich genial! Schnell per Internet verabredet, ab ins Auto und rein in den Wald. Dreimal hintereinander gewonnen, das soll ihm erst mal einer nachmachen! Die Jungs haben sich gewundert, die wussten wohl nicht, dass sie es mit dem Champion zu tun hatten. Sein Markierer ist ja auch der beste auf dem Markt, 200 Meter Reichweite, sieht aus wie eine Wehrmachtspistole!

Das letzte Match hat er dann sausen lassen. Die waren einfach zu schlecht! Keine Konkurrenz! Das war ja zum Gähnen, ständig jeden nach Belieben abzuknallen – dann lieber gleich das Sandkasten-Game von Mama!

Und dann die Idee! Auf Schule hatte er keine Lust gehabt. Er lag noch im Bett, hatte süße Träume, dachte an seine Treffer. Und dann war sie plötzlich da! – Das wird der Kick des Lebens!

„Junger Mann, würde es Ihnen etwas ausmachen, Ihr Gerät etwas leiser zu schalten?"

Endlich sagt die Tussi was, er hat schon gedacht, die ist taub! Hat ja ganz schön lang durchgehalten. Witzig, wie sie probiert, höflich zu sein, aber eigentlich supersauer ist – er muss aufpassen, dass er nicht loslacht.

„Verzeihen Sie, Gnädigste, ich schalte sofort leiser."

Jetzt das andere Game mit den Blutspritzern, mal sehen, was sie dazu sagt. Er dreht den Bildschirm ein wenig, damit sie mitschauen kann.

Ist auch fad, schon hundertmal gespielt, viel zu wenig Levels!

Der bislang beste Kick war die Sache mit Papas Auto. In der Nacht mit 70 Sachen durch den Wald! Voll der geile Wahnsinn! Und dann hat's auf einmal ordentlich gekracht! Blut an der Stoßstange, aber kein Vieh weit und breit. Muss wohl ein Karnickel gewesen sein, das wegkatapultiert wurde. Oder ein Reh, das noch ein wenig weiterhumpeln konnte. Daheim hat er gesagt, es war auf der Landstraße und er hat gebremst wie blöd. „Mach dir nichts draus. Ist mir auch schon passiert", hat Papa gesagt und die Reparatur bezahlt.

Aber morgen wird's noch besser! Tausendmal besser! Die Waldaktion war ein Dreck dagegen!

Langsam kommt die Aufregung! Sehr gut!

Da vorne ein Bulle. Wie kontrollmäßig der schaut, ist ja zum Fürchten lustig! Kannst gerne eine Leibesvisitation durchführen! Wirst nichts finden, du Arsch! Julian Berger ist zu schlau für euch! Julian Berger fährt zum Meditieren ins Kloster! Der Gag des Jahrhunderts! Die hat mir alles abgekauft. Aber im Bett war's stinkfad mit der, hat sich angefühlt wie kalte Pizza. Oder lag's am Tequila? Na, mit den Ballergedanken hat sich der Schuss dann wenigstens gelöst.

Uhrenvergleich: 23.45 Uhr!

Noch zehn Stunden!

Er wacht auf. Der Zug hält an. Endlich da! Draußen lungern ein paar Gottesanbeter rum, mit Klampfen und Kreuzen. Er kann's nicht glauben, dass ihn seine Eltern auch einmal in diese Tracht gesteckt haben. Ist Lichtjahre her! Das Dümmste, was er je erlebt hat! Besinnungstage mit Wandern und Singen! Er hätte kotzen können! Das Schlimmste war diese Kirche in Assisi! „So, und jetzt sagt mal eine halbe Stunde lang nichts und erfreut euch daran, wie wunderschön die Bilder sind!" Schade, dass der Tempel bei dem Erdbeben nicht ganz zusammengeknallt ist!

Scheiße, Taxis fahren heute ja nicht!

Na dann zu Fuß! Schlechter Service! Gibt Abzugspunkte!

Mensch, diese Katholen mit ihrem dummen Habt-Euch-Alle-Lieb öden mich an! Die antiken Götter müssten wieder her, mit Blitz und Donner! Hier eine kleine Vergewaltigung, da eine kleine Verwandlung, dort eine fiese Strafe, drüben eine fette Orgie! Das wär' doch was!

„Hotel Cortale". Das ist es! Allmählich wird die Sache spannend! Was für eine geniale Idee, die er da gehabt hat! Er könnt' sich abknutschen!

„Berger, Julian Berger. Ich habe für heute ein Zimmer reserviert. Hier mein Ausweis."

„Uno momento, ich bringe Formulare. – Sie haben Zimmer funfunddreißig."

„Es müsste ein Paket für mich an Ihr Hotel geschickt worden sein."

Absolut filmreif! James Bond auf geheimer Mission!

„Uno momento, hier Ihre Paket und hier die Schlussel."

Mal sehen, wie er jetzt dreinschaun wird:

„Die brauch' ich nicht. Das Zimmer können Sie gleich wieder vergeben!"

Voll die witzige Visage! Überraschung mit einem Schuss beleidigt! Am liebsten würde er ihn fotografieren! Mensch, das wär auch eine Idee! Leute verarschen und dann die Fressen abfotografieren und ein fieses Poesie-Album draus machen!

Er ist früh da. Er steht weit vorne. Das Kreuz hat er in der Hand. Schweizergardisten in ihren Pluderhosen. Wie schwul ist das denn!? Ein riesiger Weihnachtsbaum, der aussieht wie ein Penis mit Glitzerkondom.

Er kann es nicht fassen! Einfach nur geil! Der absolute Wahnsinn! Er ist der Größte! So was machen nur die Besten, die absoluten Heros!

Langsam strömen immer mehr Jesusjünger herein! Stehen blöd da in ihren Regenjacken und halten Schirme über Kerzen, zum Totlachen!

„Are you German?"

„Fuck you!"

Er als getarnter Gott! Und einen Blitz hat er auch in der Hand, und gleich gibt's einen Donnerknall!

So, jetzt geht's endlich los! Gedudel und Singsang! Mensch, könnt Ihr nicht ein wenig schneller machen? Ist ja nicht zum Aushalten! Er platzt gleich! Wer hätte das gedacht, dass er freiwillig einen Gottesdienst besucht!

Da hinten ein Übertragungswagen! Genial! Das ist ja wie im Rausch! Er pisst sich vor Aufregung gleich in die Hose! Geht's nicht ein bisschen flotter!? Der Kerl vor ihm mit seinem idiotischen Rosenkranz versperrt ihm die Sicht, er muss sich weiter nach links stellen!

So! Jetzt kommt er! Da oben auf dem Balkon! Die Show fängt an! Endlich! Er hat das Kreuz fest in der Hand! Nur nicht zittern! Immer ganz locker bleiben! An den Wald denken, Champion! Weltklasse Leistung!

„Et benedictio Dei omnipotentis: Patris et Filii et Spiritus Sancti descendat super vos et maneat semper."

Er hebt das Kreuz!

Spannung!

Er drückt!

Wahnsinn!

Noch mal!

Es platscht!

Treffer!

Die Fresse ganz rot!

Er ist high!

Vollkommen high!

Süße Träume!

Er wird nach hinten gerissen!

Er lächelt, für die Kamera.

„Rom. Papst Benedikt XVI. ist bei der diesjährigen Weihnachtsbotschaft auf dem Petersplatz Opfer eines Anschlags geworden. Ein 18-jähriger Gymnasiast aus München hat mit einer Paintball-Pistole auf den Papst geschossen und ihn im Gesicht getroffen. Die Waffe war als Kreuz getarnt und konnte so unbemerkt an den Sicherheitskräften vorbeigeschafft werden. Der Papst blieb unverletzt, steht aber unter Schock. Der Abiturient hat angegeben, er habe unter chronischer Langeweile gelitten."

Der Zug fährt ein.

Die Mäntel bewegen sich.

„Last Christmas."

Manche laufen.

Ich beobachte, wie der Junge noch einmal an seiner Zigarette zieht und sie auf den Boden schnippt. Er steht mechanisch auf, holt sein Handy heraus und verschwindet im Gewühl.

VIII

„Jetzt tut's ein bisschen weh!"

Perfekt getroffen! – Bei diesen alten Omas ist das immer ein verdammtes Glücksspiel!

„Die Schwester hängt dann das Schmerzmittel ran!"

„Danke, Herr Doktor!"

Er versuchte noch „Gern geschehen" zu antworten. Aber da war er schon auf dem Gang.

Endlich fertig! Zwei Tage frei! Er sah auf die Stationsuhr: Schon halb vier! Zwei Stunden länger hatte er wieder einmal gemacht.

„Herr Doktor, könnten Sie hier unterschreiben?"

„'türlich, Schwester Bettina." Neuer BH! Gar nicht übel! – „Ach ja, beim Pankreas auf der 8 ist noch eine Blutuntersuchung fällig. Aber das hat Zeit bis Donnerstag! … Ist ohnehin nichts mehr zu retten."

Er zog sich schludrig an, taumelte die Treppe hinunter, hatte ein taubes Gefühl in sich.

Zivis schlurften leere Betten durch die Gänge, Kollegen grüßten vorüber. Die Drehtür warf ihn hinaus. Hier wehte ihn ein Gemisch aus Sterilium und Frühling an. Der Krankenhausduft war immer erst dann zu riechen, wenn man draußen war. Es war ein schöner Maitag, die Bäume blühten und sahen von weitem aus wie geballte Fäuste in Mullbinden. Das Fahrradfahren tat ihm gut, der Wind machte ihn wach. Aber nach Hause wollte er nicht, schlafen wäre sowieso nicht möglich gewesen mit den fünf Tassen Kaffee im Blut.

Das Gefühl nach einem Nachtdienst ist immer ein ganz eigenes, dachte er. Die Synapsen spielen verrückt, man kommt sich vor wie ein Rettungshubschrauber in Zeitlupe, wie ein Röntgenbild, wie ein Alzheimerkranker: Was man gerade gedacht hat, ist jetzt schon verschwommen, und man muss es sich noch einmal denken.

Vielleicht sollte er in die Stadt fahren, seine Armbanduhr war stehen geblieben, er brauchte neue Batterien.

Jetzt rollte er den Berg hinab. Herrlich, diese Geschwindigkeit! Er überholte ein paar Autos. Eine alte Frau mit Osteoporose-Kreuz überquerte die Straße.

Dem Alkoholiker von Station 48 hätte er gleich die Fixier-schnallen anlegen sollen, dann hätte er sich nicht die Schläu-che rausreißen können. Eine geschlagene Viertelstunde hat es gedauert, bis sie wieder gesetzt waren; gezappelt hat der wie ein Verrückter, der Sitzwache hat er sogar eine Ohrfeige verpasst. Das arme Ding ist neben dem Infusionsgalgen gestanden mit der Hand an der Backe und war fürchterlich eingeschüchtert. Erstsemester! Frischfleisch! Die wird schon noch sehen, was ihr blüht. Wenn die mal ihren ersten Suizid erlebt! So wie bei

dem Junkie aus Berlin neulich auf der 7. War ja am ersten Tag recht unterhaltsam, mit dem zu plaudern, hat sich richtig gut mit Kampfsport ausgekannt. Den Schröder hat er einmal vorm Kanzleramt ganz aus der Nähe gesehen, hat er erzählt: Er auf der Straße, und der Schröder ist mit seinen Gorillas an ihm vorbeimarschiert, einfach so. Da hätt' er ihm am liebsten mit seiner Rechten eine gedonnert, hat er gesagt. – Zwei Tage später hat er sich im Entzug aus dem Fenster geworfen. Bei so was hätte das Mädel stundenlang rumgeheult. Aber nett anzuschauen war sie – vielleicht lässt sich ja mal über den Befund plaudern … Der Mann hat eine Leber so hart wie Beton, völlig kaputtgesoffen, jeden Tag werden sechs Liter Aszites abgezapft. Ersatzorgan ist nicht möglich, der würde auf der neuen Leber nur weiterbechern. Wenn er Privatpatient wäre und wichtig, dann wär' das was andres. So wie vor ein paar Wochen das hohe Tier von BMW auf der 1. Ist besoffen mit dem neuen Z3 vorgefahren und hat noch in derselben Woche seine Leber bekommen. Mal sehen, ob er sie abstößt. Die zwanzig Euro Wetteinsatz werden sich sicher noch rentieren!

Die Innenstadt war voller Leben. Vor den Cafés saßen die Leute mit ihren Sonnenbrillen und reckten ihre Gesichter wie Blumen in den Himmel.

Wo war gleich wieder das Uhrengeschäft? Nächste oder übernächste Gasse?

Ein Auto zwängte sich vorbei. Er blieb stehen.

Das war die falsche Ecke, hier ist nur der Laden mit den alten Büchern. Aber Moment mal, vielleicht haben die ja was, so ein schäbiges Fachbuch aus den 60ern oder 70ern vielleicht, das wär' ein ideales Geburtstagsgeschenk für den Raabe, der sammelt doch solches Zeug! Als neuer Oberarzt kann man sich so einen Spaß schon erlauben – man gehört ja jetzt dazu!

Er trat ein. Altmodisches Geklingel, in der Luft lag der Geruch von vergilbtem Papier, schwarzem Tee und Zigaretten. Eng war es, muffig, überall waren Stapel von Büchern, ohne System. Ein Mann mit platter Nase stand an der Ladentheke und las in einer Zeitung.

Nasenbeinbruch, nicht richtig eingerichtet! So, wie der dasteht, hat er sicher ein Problem mit den Bandscheiben im Lendenwirbelbereich. Schaut gar nicht richtig her, wer reinkommt. Fährt sich mit seinen gelben Fingerspitzen durch den grauen Mittelscheitel. In spätestens zwei Jahren hat er das schönste Karzinom, man spürt förmlich, wie die Krebszellen in den Alveolen heranwuchern.

Er ging durch die Reihen. Weißgelbes Licht fiel durch die Scheibe, Schlieren waren zu sehen, Staubflusen tanzten im Lichtkegel.

Was wollte er noch gleich?

Der Mann raschelte mit der Zeitung, zündete sich eine an.

Richtig, Geburtstagsgeschenk!

Er schlich zur Wissenschaftsabteilung, vorsichtig, damit kein Stapel umfiel. Tatsächlich! Uralter Pschyrembel! Nicht zu fassen! Schon ein wenig aus dem Leim, Auflage aus dem Jahr 1975.

Im Eck stand ein alter Biedermeiersessel, genau das Richtige für seine Füße. Er setzte sich und blätterte.

„Colitis ulcerosa" – „dishydrotisches Syndrom" – „Morbus Bechterew" …

Die Müdigkeit lähmte ihn wie ein Anästhetikum. Er musste unbedingt ins Bett. Stand auf, der Sessel rückte ein wenig nach hinten und stieß einen Stapel um. Er bückte sich und wollte die Bücher wieder aufeinanderlegen.

Das eine kam ihm bekannt vor!

Er hob es auf.

„Karel Čapek, Der Krieg mit den Molchen" war auf dem zerrissenen Einband zu lesen.

Auf einen Schlag war er wach!

Hat nicht Eva ein solches Buch gehabt? „Seltenes Stück, gut und gern dreißig Euro wert", hat sie ihm voller Begeisterung erklärt, damals auf dem Flohmarkt. Er hat es ihr gekauft, um endlich wegzukommen von dem Gerümpel. Es war ihm ein Rätsel, wieso sie derart aus dem Häuschen war wegen dieses alten DDR-Schmökers mit dem kindischen Lurch auf dem Cover. Sie hat sich kaum einkriegen können, was ihn, ehrlich gesagt, ein wenig genervt hat.

Er setzte sich in den Sessel zurück, und, unabwendbar wie im Traum, schlug er die erste Seite auf.

Seine Hände zitterten.

Scheiß Kaffee!

DDR-Ausgabe aus dem Jahr 1981, exakt wie bei dem Buch von Eva.

Er blätterte um.

Neurotransmitter durchschwemmten ihn ziemlich warm.

„Eva Herzig"

Ihre Schrift!

Vor zirka fünf Jahren muss es gewesen sein, als er sich von ihr getrennt hat. Richtig, Januar 2005! Zu der Zeit wurden gerade die Forschungsgelder bewilligt. Es musste sein, Tag und Nacht verbrachte er damals im Labor. Aber manchmal hat er sie noch vor Augen – meist unter der Dusche. Vor ein paar Monaten hat er sogar von ihr geträumt. Der Sex mit ihr war vielleicht nicht der aufregendste, aber doch irgendwie gut, irgendwie harmonisch, es lässt sich nicht unkitschig formulieren; irgendwie hat sie ihn immer richtig berührt, mit einem guten, einfachen Gefühl. Sicher, die anderen waren auch nicht schlecht, Ingrid zum Beispiel, absolutes Vollweib, Hintern wie Shakira! Oder Caro mit ihrem Pearcing! Aber Eva war irgendwie anders, sie war, wie kann man es sagen, sie war … – Ihre Nase war ein wenig zu groß und ihr Arsch ein wenig zu breit. Aber das war nicht der einzige Grund. Sie hat einfach zuviel Gefühl ausgeübt, so kann man es vielleicht sagen. Nicht dass sie ständig an ihm drangehangen wäre, so wie damals Alexandra, das nicht, und irgendwie hat er sie auch gemocht. Aber wenn er der Nieselregen war, war sie der Wolkenbruch. Wenn er gesund sein wollte, war sie sein Fieber. Wenn er das Jahr war, war sie die Ewigkeit. Scheiß Vergleiche! Sie ist zu viel für ihn geworden, er musste das Forschungsprojekt voranpeitschen! Und irgendwie hat er nicht mehr anders gekonnt, er musste allein sein, ohne Störung. – Und dennoch strahlt diese Unterschrift nach all der Zeit immer noch ein wenig Konditionierung ab, so wie ein Nuklearmedikament eine kleine Dosis Radioaktivität.

Es muss die Müdigkeit sein, dachte er und schaute auf das Bild mit dem Molch in der Uniform.

War schon seltsam, dass sie sich nie wieder über den Weg gelaufen sind seit diesem Januar 2005. Kein Anruf mehr, keine SMS, keine zufällige Begegnung in der Innenstadt. „Ich möchte einfach wieder ohne dich sein", hat er am Telefon zu ihr gesagt. Er weiß eigentlich gar nicht, ob der Anruf sie geschockt hat, sie hat kaum etwas gesprochen. Hat nicht versucht, ihn umzustimmen. Verstummte nur. Seltsam auch, dass sie eins von ihren Büchern hergegeben hat, gerade dieses. Aber vermutlich hat sie es gleich danach verkauft – seinetwegen! Wahrscheinlich ist sie jetzt an einer anderen Uni, der Vertrag bei den Anglisten ist ja damals ausgelaufen, drei, vier Monate hatte sie noch, die Verlängerung war ein paar Wochen vorher abgelehnt worden. Da war sie schon ein wenig geknickt gewesen; er hatte sie zum Trost ins Kino eingeladen.

Er konnte nicht mehr denken vor lauter Müdigkeit.
Ein verkalktes Herzkranzgefäß lag aufgeschlagen vor ihm.
Morgen hatte er frei.
Vielleicht sollte er sie suchen?

Aus schwerem Schlaf wacht er auf. Seine Uhr zeigt halb acht. Traumlangsam schaut er im Telefonbuch unter „H" wie „Herzig" nach. Draußen ist typischer Donaunebel, die Häuser liegen da wie im Narkoseschleier.
Kein Eintrag!

Er radelt zu dem Antiquariat, er atmet die kühle Morgenluft ein. Es läutet, als sei das Klingelgeräusch herübergesprungen aus einer anderen Zeit.

„Können Sie mir sagen, woher Sie dieses Buch haben?"

Der plattnasige Mann steht da, er scheint nichts gehört zu haben.

„Von einer Wohnungsauflösung", murmelt er nach einiger Zeit, ohne aufzuschauen, und blättert die Zeitung um.

Ist sie also doch fortgegangen!

„Hat Ihnen die Frau zufällig gesagt, wohin sie umgezogen ist?"

„Wieso Frau?", erwidert der Mann mit Berliner Tonfall und hört nicht auf, in seine Zeitung zu starren. „So weit ick noch weeß, war es ein älterer Herr jewesen, der mir die Bücherkisten vorbeijebracht hat. Waren recht viele, hat wohl seine Bibliothek aufjelöst."

„Eine ganze Bibliothek, sagen Sie?"

Eva würde doch niemals ihre heißgeliebten Bücher …!

„Wissen Sie noch, wann das gewesen ist?"

„Nee, det weeß ick nicht mehr. Det is sicher schon 'n paar Jährchen her, da war noch der Schröder Kanzler jewesen."

„Haben Sie vielleicht Unterlagen, in denen das nachzuprüfen ist?"

Der Mann schaut hoch. Sein graues Gesicht ist eine Maske. „Nachtdienste wirken sich eklatant auf die Gehirnströme aus", sagt der Raabe immer, „man kommt sich vor wie besoffen."

„Det eenzige, wat ick noch weeß, is, det der Alte an dem Tag vorbeijekommen ist, an dem der Max Schmeling jestorben ist. Ick hatte jerade den Bericht in der Zeitung jelesen. Jetzt weeß ick's wieder, er hatte 'nen schwarzen Anzug an."

Ein paar Häuser weiter googelt er im Internetcafé nach Max Schmeling. 1905 geboren. Gestorben am 2. 2. 2005!

Er denkt nach.

Anfang 2004 haben sie sich das erste Mal gesehen, auf dem Faschingsball der Universität. Ein paar Tage später haben sie sich dann vor dem Kino verabredet. Und nach der Vorstellung hat er sie geküsst. Er hat sich gar nicht groß anstrengen müssen. Und Mitte Januar 2005 hat er sie verlassen. „Ich muss wieder ohne dich sein", hat er zu ihr gesagt, am Telefon.

Er steht auf. Fühlt sich noch immer benebelt. Kein Wunder nach der Überdosis Koffein. Er radelt den Berg hinunter.

Sie hat ganz schön abrupt die Zelte abgebrochen, die Bücher konnte sie wohl nicht mitnehmen. Wer hätte auch gedacht, dass sie sich die Geschichte so zu Herzen nimmt! Und ihr Vater muss die Bücher für sie verkauft haben. Deutet alles auf einen Flug hin. Vermutlich nach England oder Amerika.

Gleich darauf fährt er im BMW hinaus in das Dorf, in dem Evas Eltern wohnen. Ein paar Mal hat er sie gesehen, sie besitzen ein Gasthaus zwanzig Minuten außerhalb der Stadt. Fleißige Leute! Haben Tag und Nacht geschuftet, um Eva das Studium zu ermöglichen. Eva hat oft ausgeschenkt und bedient, selbst als sie schon Frau Doktor war. Sie werden ihn wohl kaum mit Begeisterung empfangen. Er wird ihnen sagen, er habe noch ein Buch von ihr.

Er parkt vor blühenden Kastanienbäumen. Er steigt aus dem Auto. Über der Eingangstür, wo früher einmal ein Schild angeschraubt war, hebt sich ein leeres Rechteck vom Putz ab. In dem Aluminium-Kasten neben dem Eingang hängt, vom Regen durchweicht, eine alte Speisekarte, die Schreibmaschinenbuchstaben sind kaum noch zu entziffern. Die Holztüre ist verschlossen. Er blickt durch das Fenster, das seinen Kopf diffus widerspiegelt und seine Augen zu schwarzen Löchern macht. In dem dunklen Raum ist nur ein alter Stuhl zu erkennen. Aus den Wänden und aus der Decke ragen ein paar abgeschnittene Stromkabel, auf dem Boden wellt sich ein zerrissener Pappkarton. Sie müssen das Geschäft aufgegeben haben. Vielleicht ist Evas Vater oder ihre Mutter gestorben.

Er steigt in den BMW und verlässt das Dorf. Auf der rechten Seite zwischen Äckern und Wald liegt der Friedhof. Eva hat ihn ein paar Mal mitgenommen, wenn sie ihre Großmutter besucht hat. Dann hat sie eine Kerze angezündet, die Blumen gegossen und manchmal ein wenig geweint. Danach war sie gleich wieder fröhlich und hat erzählt. Ihre Oma hatte es mit ihrem Opa nicht leicht gehabt; er war ein alter Haustyrann, so sensibel wie ein Hackstock, hat Eva gesagt. Einmal ist er im Zorn mit dem Schlachtmesser hinter Evas Oma hergerannt, weil sie aus Versehen ein Loch in seine Sonntagshose gebügelt hatte.

Er fährt auf den Parkplatz und geht hinein, ohne Absicht. Die Bäume blühen in schönstem Weiß, in der Luft kreuzen Bienen und Hummeln. Über eine Rasenfläche mit Gänseblümchen schreitet er an das Grab der Familie Herzig. Am Nachbargrab rupft eine alte Frau mit einem geblümten Stofftuch über der weißen Dauerwelle ein paar Pflanzen aus. Der Grabstein der Herzigs besteht aus zwei schwarz glänzenden Platten, dazwischen ist ein graues Steinkreuz.

„Amalie Herzig, 21. 7. 1916 – 5 . 9 .1989" – „Johann Herzig, 3. 8. 1914 – 23. 9 .2000" steht mit goldener Schrift auf der linken Grabplatte geschrieben.

Irgendetwas trifft ihn, mit großer Wucht.

„Eva Herzig, 5. 7. 1972 – 20. 1. 2005" steht mit goldener Schrift auf der rechten Grabplatte geschrieben.

Zwei Tage vorher hat er sie angerufen!

Er rührt sich nicht. Starrt auf die Buchstaben. Die Bienen fliegen vorüber. Eine Wespe. Der Himmel ist grau. Er löst sich auf.

„Wissen Sie, was mit Eva Herzig geschehen ist?"

Die Alte am Grab nebenan hat gerade eine Kerze angefacht hat und dreht sich um. „Sind Sie ein Freund von ihr?"

Er versucht zu nicken, doch kommt er nicht gegen die Lähmung in seiner Halswirbelsäule an.

„Schlimme Sache! Sie hat sich aus dem Fenster gestürzt. Keiner konnte es glauben damals, sie hatte immer so gute Laune! – Ihr Freund hat sie verlassen."

Er setzt sich auf den Boden. Er spürt ein Brennen in seinen Augen. Schmerz und Schuld toben wie ein Tumor in seiner Brust. Die alte Frau berührt ihn am Oberarm.

„Sie müssen aufstehen! … Sie müssen aufstehen!"

„Sie müssen aufstehen! … Ich mache den Laden gleich zu! Wollen Sie das Buch kaufen?", sagte der Antiquar mit einer frisch angezündeten Zigarette im Mundwinkel.

Der Pschyrembel lag auf dem Boden. Seine Hände umkrampften Evas Buch.

„Sie haben im Schlaf gesprochen."

Kein Wort fiel ihm ein. Sein Leben tat weh wie ein gerodeter Wald.

„Ist ein seltenes Buch. Alte DDR-Ausgabe mit Nostalgie-Wert."

Der Schmerz tat ihm wohl. Er war dabei, aufzuwachen: „Können Sie sich an die Frau, die es Ihnen verkauft hat, noch erinnern?"

IX

Die Sonne geht auf über der Stadt. Vögel zwitschern, Wecker klingeln, Klospülungen rauschen. Es hat schon 19 Grad.

Auf dem Seitenstreifen vor einer Platane steht ein grüner Opel. Der Motor springt an, der Wagen setzt sich in Bewegung. Nach drei Metern bleibt er wieder stehen. Der Motor läuft weiter.

Nichts tut sich.

Der Fahrer steigt nicht aus; er sitzt, leicht nach vorne gebeugt, mit Anzug und Krawatte am Steuer.

Die Dämmerung leuchtet rötlich; ein Wind fährt durch den Baum; Kühlschränke gehen auf; es hat schon 20 Grad.

Da ein Pfiff!

Der grüne Opel setzt sich in Bewegung. Er fährt nach hinten, ein paar Meter, bremst ab, bleibt stehen.

Am Straßenrand, unter dem Blätterdach eines Kastanienbaums, befindet sich ein blau-rotes Schild. Ein Abfalleimer ist daran befestigt, Ameisen wimmeln auf Papier und Plastik.

„Magst du noch ein Ei?"

„ – "

Der Laptop surrt.

„Ben, magst du noch ein Ei?"

Da erscheint sein Kopf.

„Was hast du gesagt? – Äh, nein, muss los. – Wie viel Uhr?"

„Zehn nach sieben."

„Hab 'nen schweren Tag."

Er bindet den Krawattenknoten, stopft sich den Rest des Brötchens in den Mund, bröselt auf den Läufer. Seine Tochter ist in ihren Laptop vertieft.

„Mensch, Lia, kannst du noch ohne das Ding leben?"

„Hast du doch auch an!"

„Das ist was anderes!"

„Ich tipp gerade 'nen Aufsatz. ‚Sind Menschen Maschinen?' ist das Thema; brauch noch ein Argument dagegen. Weißt du eins?"

„Schätzchen, ich muss los, frag mich später!"

„Nein jetzt, ich muss ihn heute abgeben."

„Also gut – ich würde sagen: Menschen sind keine Maschinen, weil sie Gefühle haben."

„Hab' ich schon."

„Hm – Menschen sind keine Maschinen, weil sie viele verschiedene Tätigkeiten ausüben; Maschinen machen immer dasselbe."

„Hab ich auch schon. Fällt dir nichts Besseres ein?"

„Okay, Menschen sind keine Maschinen, weil sie selbständig denken können. Das können Maschinen nicht, die tun nur das, was man ihnen sagt."

„Ja, das ist gut! Menschen können selbständig denken."

„Wie viel Uhr?"

„Viertel nach sieben!"

„Viertel schon?! Jetzt aber los!"

Kurze Küsse, das Geräusch von Schlüsseln, die von einer glatten Oberfläche weggenommen werden, schnelle Ledersohlen klacken auf Parkett, die Tür schwingt auf, die Tür kracht zu, schnelle Ledersohlen hallen im Treppenhaus, das elektrische Garagentor ächzt auf, erster Gang bei leichter Steigung, zweiter Gang – Entfernung.

Ein silbergrauer Volvo springt aus der Garage, biegt ein in die Parkstraße, wird langsamer, fährt in eine Lücke. Vor ihm ein roter Fiat, hinter ihm ein schwarzer Mercedes. Der Fahrer des Wagens prüft im Spiegel seine Krawatte, installiert das Mikro, bleibt sitzen, lässt den Motor laufen.

Der Seitenstreifen sieht aus wie ein buntes Gebiss mit Zahnlücken: hier ein Wagen, dort zwei freie Plätze, hier drei Wagen, dort ein freier Platz.

Ein Golf bremst ab, ordnet sich in eine Parklücke ein. Ein Honda stößt dazu. Die Motoren laufen, manche Fahrer reden, andere blättern. Ganz vorn ist jemand eingenickt.

Jetzt geschieht auf einmal etwas. Ein Trillerton durchschneidet die Luft – dann ertönt bei einigen Autos ein dumpfes Rucken, bei anderen ist es ein spitzes Klicken. Sie legen den Gang ein. Geben Gas, setzen sich in Bewegung, die ganze bunte Kolonne, sie nehmen Fahrt auf, schieben sich nach vorne wie eine wachgewordene Urwaldpython, ziehen an – und bleiben stehen. Die Motoren laufen, manche Fahrer reden, einige tippen, andere blättern, einer kratzt sich am Kopf und gähnt.

Neben ihnen spannen die Bäume der Allee weit ihre Äste auf, es rauscht die Luft in ihren Blättern, als wären sie ein Meer.

Zwischen den Stämmen: die Schilder.

Ein Polizist steht auf einem Podest und blickt auf die Autos.

Hundert Meter weiter hinten ist sein Kollege, hundert Meter weiter vorne seine Kollegin. Mit der einen Hand hebt der Polizist seine Mütze hoch, mit der anderen wischt er sich über den kahlen, nassen Kopf. Es wird ein heißer Sommertag, „25 Grad" steht bereits auf den Anzeigen.

Jetzt schaut er auf seine Uhr.

Ein Schweißtropfen fällt auf das Uhrenglas, ein anderer auf das Blatt einer Wegwarte, von wo er weiter ins Erdreich rutscht.

Der Polizist flüstert etwas vor sich hin.

Vogelkot landet auf der Windschutzscheibe eines Taxis, dessen Fahrer die Scheibenwischanlage betätigt, sodass den hinter ihm stehenden Mitsubishi ein paar Tropfen treffen.

Der Polizist greift zur Pfeife und bläst hinein, die kleine Kugel hüpft zwischen den Plastikwänden hin und her.

Dann fährt die ganze Kolonne nach hinten – und bleibt stehen. Die Motoren laufen. Man gähnt.

Ein Spatz landet auf einem Schild. Er äugt in die Gegend, putzt sich die Federn, fliegt davon.

Ben sitzt im Auto. Er redet und gibt Zahlen ein. Dann sagt er ein paar Nummern, ein neues Gespräch beginnt. Er drückt auf eine Taste, ein Kaffeebecher fällt herab, Flüssigkeit ergießt sich; es dampft.

„Thai Curry ist gut, ich freu mich schon!"

Es pfeift.

„Warte mal kurz …!"

Er legt den Gang ein, fährt nach vorne, bleibt stehen.

„So, jetzt bin ich wieder da, es kann heut Abend ein wenig später werden, die Quote ist noch nicht perfekt."

Er nimmt den Kaffeebecher. Es klingelt. Er drückt auf die Taste, kleckert auf die Krawatte, sagt „BMW-Bank, Schneider", will sich ärgern, muss zuhören.

Die schwarze Limousine dahinter hat verdunkelte Fenster. Sie fährt gerade rückwärts. Jetzt bleibt sie stehen. Eine rothaarige Frau stöckelt heran. Sie bückt sich ein wenig, der Minirock spannt sich, die Wagentür geht auf, ihre langen, geknickten Beine verschwinden mit ihr im Fond. Kurz darauf ertönt Gekicher und das Knallen von Champagnerkorken, der Wagen wackelt. Dann ein Pfiff, ein Klicken, der Gang ist drin, der Mercedes fährt nach vorne, bleibt stehen.

Auf der Kirchturmuhr verformt sich die Anzeige von 10.59 Uhr zu 11.00 Uhr. Es läuten elf elektronische Glockenschläge, die Spatzen flattern vom Kirchturmdach in einen Kastanienbaum.

Dort, wo die Parkstraße in die Benz-Allee mündet, befindet sich ein Spielplatz. Ein kleiner Junge fliegt gerade auf einer Schaukel nach oben, mit den Füßen voraus. Jetzt hat er den höchsten Punkt erreicht. Es dauert sieben, acht, neun, zehn Sekunden, bis er sich wieder nach unten bewegt. Nun schwingt die Schaukel nach hinten, ganz hinauf, stoppt, verharrt – der Junge scheint ein Lied zu singen – und rauscht wieder hinab. Wenn man ganz genau hinhört, ist deutlich das leise Surren des Motors zu vernehmen, der im Metallgestänge arbeitet, und der Junge, der in sein Mikro spricht, sagt: „Tausche die Vier in Mathe mit der Zwei in Geo und geb' dir dafür die Drei in Chinesisch! Okay für dich?"

Auf der Kirchturmuhr verformt sich die Anzeige zu „12.00". Einige Parker steigen aus und machen Pause. Ben wartet, bis es 12.03 Uhr ist, dann fährt er zurück, springt aus dem Wagen, sprintet die zehn Meter zu seinem Haus, die Tür schwingt auf, kracht zu, Ledersohlengeklacker im Treppenhaus, er platzt hinein – „Hallo Mia" – drückt ihr einen flüchtigen Kuss auf die Wange, schlingt das Thai Curry hinunter, pinkelt noch schnell, rennt hinaus – „Tschüss Mia" – sprintet nach unten, Ledersohlengeklacker im Treppenhaus, die Tür schwingt auf, kracht zu, er rennt zum Auto, hechtet hinein, es pfeift, er fährt nach vorne, hält an und wischt sich mit einem Taschentuch den Schweiß von der Stirn.

Direkt über seinem Volvo befindet sich ein Ast mit einem Vogelnest. Daneben eine Bank, auf der niemand sitzt, und: das Schild.

Am Eingang der Parkstraße hat sich ein Unfall ereignet. Ein dunkelblauer Toyota ist länger als drei Minuten stehen geblieben, sodass ein roter Skoda hinten aufgefahren ist. Die beiden Parker sind ausgestiegen und brüllen sich an, der eine wirft dem anderen vor, eingeschlafen zu sein, der andere dem einen, er sei zu früh losgefahren. Ein Stau hat sich gebildet, der bis zur nächsten Parklücke zweihundert Meter weiter vorne reicht. Es wird heftig gehupt, die Leute gestikulieren hinter ihren Steuerrädern mit roten Köpfen und Schweißflecken unter den Achseln. Ein Polizeiwagen fährt herbei, mit Blaulicht und Sirene.

„Setzen Sie sich erst einmal wieder ins Auto", sagt der Polizist, „es muss schließlich weitergehen auf dem Parkstreifen!" Dann nimmt er die Personalien und die Zeugenaussagen durch die heruntergelassenen Fenster auf, indem er mit den Autos mitgeht, die nun alle zwei Minuten vor- und zurückfahren, um den Zeitverlust wettzumachen.

Die Sonne brennt herunter, die Straße, wo sie noch nicht von Wegwarten durchbrochen ist, spiegelt sich in der Luft. Die Autos blitzen, der Lack ist heiß wie Lava.

Am anderen Ende der Parkstraße stehen Leute auf der zerfurchten Teerdecke und halten Schilder und Transparente in die Höhe. Sie johlen und schreien. „4 statt 3!" ist auf einem Plakat zu lesen, „Verlängert die Parkzeit!" auf einem anderen, „3 ist dreist!" auf dem nächsten. Ein ganzes Rudel ist es, daneben sitzen die Parker in den Autos und schauen, teilnahmslos, auf die Straße. Ein Fernsehreporter redet in eine Kamera, dann interviewt er einen der Streikenden. „Der Dreiminutentakt ist einfach unmenschlich, man ist doch keine Maschine!", schreit der Mann ins Mikro. „Es ist eine Sauerei, dass die Auto- und Mineralölkonzerne die vier Minuten immer noch verhindern", erregt sich ein anderer. „Es geht ja auch um die Gesundheit der arbeitenden Bevölkerung! Und ökologischer sind die vier Minuten sowieso! Deshalb fordern wir …"

Da der Pfiff, die Autos auf dem Seitenstreifen fahren nach vorne, die Demonstranten heben ein Bein, setzen es auf, lassen das andere folgen, gehen ein paar Meter vorwärts und bleiben stehen. Dann rufen sie: „Vier, vier, vier woll'n wir!", schwenken mit Schildern und Transparenten, halten geballte Fäuste in die Luft, sondern Schweiß ab und Empörung.

„Wie bitte?", ruft Ben in sein Mikro. „Ich kann Sie nur ganz schlecht hören! Die Demonstranten sind so laut! Sagten Sie acht?"

Plötzlich fühlt er sich wie auf hoher See, sein Auto beginnt zu schaukeln.

„Siebenkommaacht? Könnten Sie etwas lauter …? Ich rufe Sie gleich zurück, da macht sich jemand an meinem Wagen zu schaffen!"

Ben steigt aus, ein Demonstrant mit einer roten Vier auf dem T-Shirt und eine Demonstrantin, deren Rasta-Locken durcheinanderwirbeln, schieben hinten mit beiden Händen gegen das Auto, sodass es hin- und herschwankt.

„He Sie da, hören Sie sofort auf! Sonst hole ich die Polizei!"

„Sie können uns gar nichts, Sie Dreiminutensklave mit Krawatte!"

„Also das ist doch …"

Da der Pfiff, Ben steigt in seinen Wagen. „Geht weg da, sonst habt ihr platte Zehen!"

Doch als er losfährt, sieht er, wie die beiden Demonstranten mitsamt den anderen zurückweichen, im Gleichschritt gehen sie nach hinten, bleiben stehen. Dann schreit der Junge mit der Vier auf dem Shirt: „Drei, drei, drei ist Scheiß!", umarmt seine Freundin und verschmilzt mit ihr zu einem dreiminütigen Kuss.

„Das müssen Sie doch zugeben, meine sehr verehrten Damen und Herren von der Opposition, dass eine Verlängerung der Parkdauer den Haushalt extrem belasten würde! Denken Sie nur an die Ausfälle bei der Mineralölsteuer, denken Sie an die Umsatzsteuer in der Auto- und Zulieferindustrie! Meine Damen und Herren, das sind auch Arbeitsplätze, um die es hier geht! Eine Minute länger, das bedeutet ein Minus von 30 000 Automobilen beim Jahresgesamtabsatz, und da können selbst Sie sich leicht ausrechnen, wie sich das auf den Arbeitsmarkt auswirken würde. Und was wäre denn mit der zusätzlichen Minute gewonnen? Was würden die Arbeitnehmerinnen und Arbeitnehmer mit dieser Minute anfangen? Glauben Sie denn allen Ernstes, dass in dieser Minute tatsächlich mehr Wertschöpfung erwirtschaftet wird? Die Produktivitätsentwicklung würde doch vielmehr stagnieren, eine bloße Umverteilung von Tätigkeiten und Dienstleistungen auf die vierte Minute würde stattfinden, also eine generelle Verlangsamung des Arbeitsprozesses wäre die Folge, und das würde einen nicht hinnehmbaren konjunkturellen Einbruch nach sich ziehen! Die Prognosen, die Sie hier vorgebracht haben, Frau Kollegin, sind doch schlichtweg an den Haaren herbeigezogen, sie stammen doch sämtlich von Instituten, die sich nicht zum ersten Mal verrechnet haben! Und der Regierung soziale Kälte vorzuwerfen, nur weil sie die drei Minuten verteidigt, ist eine plumpe Verdrehung der Tatsachen! Schließlich haben wir in der letzten Legislaturperiode sehr viel Geld in die Hand genommen, um mehr Polizeikräfte für die reibungslose Umsetzung des Dreiminutentakts einzustellen! Ich muss Sie nicht daran erinnern, wie chaotisch die Verhältnisse auf den Seitenstreifen vorher waren, als jeder Polizist noch hundertfünfundsiebzig statt hundert Meter zu überwachen hatte. Diese Reform hat, und es ist purer Populismus, dass Sie dies verschweigen, diese Reform hat doch nachweislich kostbare Sekunden gespart, sie war gut für unser Land, und Ihre vier Minuten sind schlichtweg …!"

„Vielen Dank, Herr Minister, Ihre Redezeit ist abgelaufen, es folgt nun Herr Dr. Bergmann-Wunderlich von den Grünen."

Die Schatten, die die Bäume auf die Autos werfen, werden länger. Die Sonne ist hinter dem Pressehaus schon halb verschwunden. Immer mehr Parker scheren aus und fahren in die Tiefgarage auf der anderen Straßenseite.

Ben führt ein Telefonat, fährt noch einmal zurück, gibt ein paar Zahlen durch, fährt noch einmal nach vorn, schert aus und lenkt seinen Wagen in die Tiefgarage seines Wohnblocks. Müde schiebt er die schwere Metalltür des Treppenhauses auf, man hört langsame Ledersohlenschritte auf den Fliesen; Ben öffnet die Wohnungstür und seinen Krawattenknoten. Seine Frau stellt ihm das Essen hin und eine Flasche Bier.

„Und, wie war's?"

„Wie immer."

„Hast du die Quote erreicht?"

„Ja, fünfkommaacht plus."

„Und der Streik?"

„Wie immer. Dumme Idioten sind das! Die vier Minuten hören sich ja gut an, aber es geht einfach nicht! Das ganze Wirtschaftsleben basiert auf den drei Minuten. Die Telefone meiner Kunden funktionieren zum Beispiel so, dass nach drei Minuten das Gespräch automatisch beendet und eine andere Nummer gewählt wird. Das müsste alles umgestellt werden, die Schulbücher müssten umgeschrieben werden, die Gesetzesbücher sowieso, was das kostet! Dabei haben Wissenschaftler doch nachgewiesen, dass die drei Minuten im menschlichen Biorhythmus fest verankert sind, bei vier Minuten käme alles durcheinander, der ganze Tagesablauf würde gestört, das macht die Menschen doch krank!"

Ben drückt auf einen Knopf, die Küchenwand verschwindet, stattdessen erscheint ein Bildschirm.

Eine Nachrichtensprecherin spricht Nachrichten.

Ausschnitte aus der Bundestagsdebatte werden gezeigt, der Minister setzt sich vehement für die Beibehaltung der drei Minuten ein.

Auf den Autobahnen ist es wegen des Urlaubsverkehrs zu kilometerlangen Staus gekommen, bei denen mehrere Stunden nichts mehr vor- und zurückging.

Wegen der großen Hitze wird es das Klimaministerium morgen von 10.00 Uhr bis 10.45 Uhr regnen lassen, dann herrscht wieder Sommerwetter von 32 Grad im Schatten; die Getränke- und Speiseeisindustrie, die Biergärten und die Freibäder melden Rekordumsätze.

Die Nacht legt sich wie eine zu dicke Decke über die Stadt. Es ist schwül. Man schwitzt. Ringt um Luft. Grillen musizieren in den Himmel, hier und da flackert ein Bildschirm, Mücken surren und stechen.

Am Seitenstreifen der Parkstraße steht ein Polo mit beschlagenen Scheiben. Etwas bewegt sich; auf dem Rücksitz ein Keuchen, ein nacktes Hinterteil – es geht hin, und es geht her …

Plötzlich ein Pfiff!

Der junge Mann reckt den lippenstiftverschmierten Kopf nach oben. Er zwängt sich zwischen den Sitzen hindurch, legt den Gang ein, fährt ein paar Meter zurück, bleibt stehen, steigt nach hinten, macht weiter.

Mehrere Autolängen weiter vorne ein Taxi, das auf einen Kunden wartet und alle drei Minuten nach vorne und wieder zurückfährt.

Einen halben Kilometer weiter hinten ein paar schwer beladene LKW, die alle drei Minuten nach vorne und wieder zurückfahren.

An der Kreuzung eine Polizeistreife, die alle drei Minuten nach vorne und wieder zurückfährt.

Die Sonne geht auf über der Stadt.

Vögel zwitschern. Wecker läuten. Klospülungen rauschen. Es hat schon 19 Grad.

Ein grüner Opel fährt hin und her, alle drei Minuten.

Hinter dem Auto das Schild, so rot und so blau wie die Sommerdämmerung über der Stadt.

VERGANGENES, DAS NICHT VERGEHT

X HERZASCHE

XI OPA

X

HERZASCHE

Im Rückspiegel kann ich sehen, wie die Flammen himmelwärts schlagen, wie das Haus untergeht in Rot und Blau. Funken prasseln in die Luft, verwirbeln, verglühen in der Nacht. Ich fahre langsamer, muss aufpassen, dass ich nicht von der Straße abkomme. Ich halte an. Meine Hände zittern. Sirenen schreien, Autos preschen los. Ich biege ab. Im Rückspiegel nur noch Lichter und Nacht.

Das Haus ist untergegangen.

Ich fühle mich tot und geboren.

Oben, unter dem Dachstuhl, ist alles wie damals. Die alte Küche mit dem bröckligen weißen Lack. Der Schreiner von nebenan hat das Möbel gefertigt, kurz nach dem Krieg, für Schnaps und Schinken. Jeden Abend holte meine Großmutter den Rosenkranz mit den schwarzen Perlen aus der obersten Schublade, die immer klemmte, und ließ ihn durch ihre vergichteten Finger gleiten. Nur für einen Schluck Bier und ein Stück Geräuchertes unterbrach sie ihr frommes Geflüster. Ich weiß noch, dass in der alten Kaffeedose die Sterbebilder aufbewahrt wurden; dass neben den Einweckgummis eine Heilige Maria stand und eine schwarze Gewitterkerze; dass die Tassen klirrten, wenn man bei Hochbetrieb vorübereilte, unten in der Küche.

In die Küche werde ich nicht gehen.

Da der große Dachbalken mit der alten Inschrift: Eins, sieben, und die zwei seltsamen Zeichen, in der Mitte abgeschnittene Achten. „1744!", hat mir mein Großvater einmal erklärt. „Oans vo de ältesten Heiser in der Stodt! Der Feuchtwanger hot hier scho amoi an Kaffee trunka! Und der Karl Valentin hot im Saal an Auftritt g'habt! Vom Kriag samma Gott sei Dank verschont

126

bliem. – Drüm beim Aschinger hot a Brandbombn eigschlagn, vieraviazg, beim Luftangriff." Der Stolz auf das Haus blitzte aus den Augen des alten Mannes, dessen Großvater das Anwesen irgendwann einmal gekauft hatte. „Davor warn ma arme Leit, de si jahrelang d'Händ bluadig garbeit ham. … Der Göring war aa amoi do!"

Der Eimer ist schwer, der Henkel gräbt sich in meine Haut.

Der Kamin ist die Wirbelsäule des Hauses, schief und unbeugsam. Die alten Balken sind die Rippen und Knochen. Morsches Holz. An manchen Stellen ist die Haut wund, Sonnenstrahlen schimmern durch die verrutschten Dachtaschen. Und überall ist die unbändige Kraft zu spüren, wenn man über die groben Bretter schreitet.

1918 soll hier oben der Arbeiterrat getagt haben, man wollte einen verhassten kaiserlichen Beamten an einem der Balken aufknüpfen. Doch nachdem die Nachricht, dass man im Bierkeller noch ein paar Fässer entdeckt hat, hinaufgedrungen war, besann sich das Volk anders, eilte nach unten und feierte bis

in die Morgenstunden das Kriegsende. Den Beamten hat man angeblich hier oben vergessen, halbnackt, gefesselt, mit der Schlinge um den Hals. Umgekommen ist er, wie man erzählt, schließlich doch, erfroren soll er sein in der eiskalten Novembernacht, während die Leute unten in der Küche mit Bier ihren Hunger stillten. Andere sagen, der Beamte habe irgendwann mitsaufen dürfen, am Küchentisch sein halbes Vermögen verschafkopft und deswegen einen Herzanfall erlitten.

Die Küche! Das Herz des Hauses. Der Raum mit der schönsten Aussicht, direkt auf den Biergarten mit den Bäumen. Im Frühjahr musste ich die Blüten wegkehren, im Herbst die Blätter und die Kastanien. Wie gern bin ich hier gesessen und habe im Winter den Vögeln zugesehen, wenn sie nach Sonnenblumenkernen pickten. Und heute? Niemals werde ich sie wieder betreten! Der Dolch steckt tief in meinem Herzen.

Verrostete Mausefallen in den Ecken. Rattengift. Die Dielen knarzen, der Geruch breitet sich langsam aus. Ich gehe in mein altes Kinderzimmer. Der Teppichboden wellt sich, ich denke an die bunten Photos von damals: Wie mich meine Mutter in der roten Kinderwanne badet. Wie mich mein Vater mit der dicken Hornbrille lachend hochhebt. Wie ich durch die Sprossen des Laufstalls grinse. Meine Mutter erzählte oft, es sei überhaupt ein Wunder, dass ich noch lebe. Eines Nachts soll ich einmal in meinem Kinderbett an einer Schnur gezogen haben, immer fester soll ich daran gezerrt haben. Bis schließlich der kleine weiße Antennenfernseher vom Schrank in das Bett gefallen ist. Sie und mein Vater seien, erschöpft von der Arbeit, durch den Krach wachgeworden, und es pochte ihnen das Herz vor Glück und Aufregung, dass ich – und der Fernseher – heil geblieben waren.

Sicher stimmt diese Geschichte. Aber ebenso sicher ist sie stark übertrieben. Geschichten waren das Wichtigste im Gastzimmer, besonders die gut gewürzten. Irgendwann einmal hatte mein Vater den Stammtischgästen weisgemacht, dass der Christbaum am Fenster derselbe sei wie letztes und vorletztes Jahr. „I leg'n nach Weihnachten immer in den G'frierschrank. – Mit dem sauren Regn genga ja scho gnua Baam kaputt." Man hat es ihm abgekauft und daheim weitererzählt.

Der Eimer ist leer. Ich nehme den zweiten.

Das Fenster meines alten Zimmers führt hinaus zum Schlachthaus. Damals, als das Geschäft noch ging, wurde zweimal in der Woche geschlachtet. Als Kind habe ich mich unter dem Bett versteckt und mit einer Taschenlampe Comics gelesen, wenn draußen im Hof ein Schwein panisch quiekend vom Stall zum Schlachthaus getrieben wurde. Dann ertönte dumpf ein Schlag, die Schreie verstummten, es war nur noch ein Röcheln und Gurgeln zu hören, und manchmal hallte das zuckende Hämmern der Hufe auf den Fliesen nach wie ein Echo des Herzschlags. Einmal, als ich ungefähr zehn war, sagte mein Großvater, ich dürfe mich nicht länger verkriechen, ich müsse dabei sein, wenn eine Sau geschlachtet wird. Irgendwann müsse ich es ja selber können. Das Schlimmste dabei war nicht das verzweifelte Quieken, das Schlimmste war nicht der ploppende Schuss in die Stirn. Das Schlimmste war das Blut, das noch Stunden danach überall klebte. Und die müden, geschäftsmäßigen Gesichter meines Vaters und Großvaters.

So viel Blut ist in diesem Haus geflossen!

Ich werde nicht in die Küche gehen!

Über den Zwischengang erreiche ich die Galerie zum Saal.

Auch hier schon der Geruch.

Ich steige die Treppe hinunter. Der Glitzerball hängt immer noch an der Decke. Mein Vater hat damals meinen großen Wasserball mit Kermit, dem Frosch, genommen, einen alten Spiegel mit dem Glasschneider in gleich große Quadrate zerschnitten und die Teile auf den Ball geklebt. 30 Jahre lang hat sich die kleine Silbersonne oben um sich selbst gedreht, während unter ihr die Menschen tanzten und fröhlich waren, im Fasching, zur

Maidult, zur Jakobidult, zur Kirchweihdult. Und in der Schule habe ich mich bei einer Übung in Deutsch gemeldet und erklärt, warum der Tanzball Tanzball heißt.

Einmal war eine Hochzeit. Im Sommer. Die größte, die der Saal je gesehen hat, über 250 Gäste. Es war unerträglich heiß, ich musste mithelfen und das Geschirr abtrocknen, alles war nass vom Schweiß und vom Spülwasser. Papa hatte den alten Fernseher, der mir damals beinahe auf den Kopf gefallen wäre, in die Spülküche gestellt, denn es war Fußballweltmeisterschaft. Deutschland spielte gegen Frankreich, und Papa spitzte, wenn er konnte und Mama nicht in der Nähe war, zu uns herein. Brehme hatte gerade das 1:0 erzielt, als das Abendessen serviert werden sollte. Da hieß es plötzlich, zu wenig Teller seien vorhanden, zwanzig Gäste mehr seien im Saal. Oma fackelte nicht lange, stieg mit ihren O-Beinen auf den Dachboden und holte ausrangierte Teller herunter. Nach dem Essen wurden die Servierwägen mit den riesigen Tellerstapeln zu uns in die Spülküche geschoben, Rudi Völler schoss das 2:0, und mein Vater wurde von meiner Mutter zusammengestaucht, was ihm nur einfalle, er soll doch bei den Gästen sein und nicht bei uns Fußball schauen! Alles wurde mit der Hand abgewaschen, ich machte beim Abtrocknen tausendmal die gleiche mechanische Bewegung. Und als ich einmal die Unterseite eines Tellers etwas genauer betrachtete, fiel mir das Hakenkreuz auf, das neben dem Firmennamen prangte. Oma sagte danach, wenn die Leute Hunger haben, dann gibt's keine Politik! Der Schweinsbraten wird von dem bisschen Hakenkreuz nicht gleich schlecht geworden sein. Und dem Göring war es damals, als er da war, schließlich auch egal, dass wir noch die Teller vom Rosenthal hatten; die Schweinshaxe hat ihm vorzüglich geschmeckt, mitsamt den fünf Knödeln! „Übrigens hätten do zwoa aa g'langt, bei dem fetten Ranzen, den der dranghabt hat!", fügte sie hinzu und löffelte das Kaffeepulver in die Filter. Als sie Jahre später mit dem Rosenkranz in der einen Hand und dem Schoppen Bier in der anderen einen Herzstillstand erlitt, waren das ihre letzten Worte gewesen: „Aber g'schmeckt hot's eam dennaschd, dem Göring!"

Ein Duftgemisch aus Bohnerwachs, Bier und Gaudi hat sich über die Jahre im Saal festgesetzt. Ich gehe weiter. Schütte meine Trauer aus. Ich komme an den Toiletten vorbei. Im Stundentakt haben wir Opa nach seinem Schlaganfall mit dem Rollstuhl hierher gefahren und auf die Schüssel gehievt. Sieben Jahre lang. Rollstuhl und schwache Blase sind eine fatale Kombination. Am Ende war der stolze Mann zerfressen vom Jähzorn, weil er nicht mehr sprechen, gehen und alleine pinkeln konnte. Mama sagte immer, er sei wie eine Kanonenkugel: Unverwüstlich und aggressiv. Doch bei den Gästen war er gerne, und wenn sie von ihren Spielkarten einmal aufblickten und ihm etwas zuriefen, hat er mit dem rechten Mundwinkel ein Lächeln probiert.

Im Gang hängt noch der alte Kalender. Ford Taunus. An Weihnachten hat mein Vater von mir immer einen Kalender mit Oldtimern bekommen. In den letzten Jahren habe ich sie per Internet aus den USA geschickt.

Im Gastzimmer ist alles wie früher. Nur die Schankanlage fehlt. Die wurde gleich danach von der Brauerei abgeholt und an einen Italiener weiterverpachtet. Die Gläser stehen noch in Reih und Glied. Unzählbare Male hat Mama sie aus dem Geschirrspüler geholt, vorsichtig in eine Wanne gelegt und feinsäuberlich eingeordnet, mit dem Emblem nach vorne.

An der Wand ein paar Bilder. Franz Beckenbauer mit Pelzmantel und Schlaghose. Mitten in einer kalten Winternacht ist ihm sein VW-Käfer verreckt, da hat er um drei Uhr morgens bei uns geläutet. Mein Vater war noch wach, und als er geöffnet hat, hat er gesagt: „Ah, Herr Beckenbauer! – Kannt' i a Autogramm vo Eana hom? Für mein' Sohn! Am Samstog hob i ja leider nie Zeit." Dann hat mein Vater ihn und eine aufgetakelte Blondine nach oben ins Kaminzimmer geleitet, Brennholz herbeigeschafft und Feuer gemacht, „obwohl des net nötig gwesen wär'", wie er sagte. Er konnte die ganze Nacht nicht schlafen, weil er ständig darüber nachgrübeln musste, ob die Blondine Beckenbauers kürzlich angetraute Frau war oder eine andere. Als Papa am nächsten Morgen das Frühstück auf das Zimmer brachte, war keine Dame mehr zu sehen, und der Fußballweltmeister drückte ihm bei der Bezahlung einen Hunderter mehr in die Hand als stumme Bitte um Verschwiegenheit. Noch am gleichen Abend wusste es der ganze Stammtisch, aber die meisten wollten die Sache nicht glauben. „So is des mit den G'schichten", sagte Papa zu mir, als ich schon bei der Rundschau war. „Bei den erfundenen machen's große Augen, bei den echten schütteln's den Kopf. Bub, denk an meine Worte, und du wirst was werden bei der Zeitung!" – Wenn Papa die Geschichte erzählte (und zwar immer ein bisschen anders), waren manchmal sogar meiner Mutter die Zweifel anzumerken, ob die Blondine nicht doch bloß frei erfunden war …

Auch dieser Ort: ein Schwert für mein Herz. Dort oben das Kruzifix, das ich einmal mit dem Tennisball aus Versehen heruntergeschossen habe, sodass Jesus ein paar Holzdornen abgebrochen sind. „Dann muss er weniger leiden", hat Oma mich getröstet. An Fasching haben wir jedes Jahr die glitzernden Girlanden aufgehängt, die sich im Kerzen- und Zigarettenrauch wie durch Zauber von selbst drehten. In diesem Eck bin ich gesessen und habe noch einmal Mamas Weißwürste mit Papas genialer Senfmischung verspeist, während draußen der Lieferwagen mit meinen Sachen wartete, um mich in eine andere Stadt zu bringen.

Nachdem in der Nähe das „Asado" und die „mobile-lounge" aufgemacht hatten, ging das Geschäft nicht mehr so gut. Meine Eltern versuchten alles, ließen Spielautomaten aufstellen, bauten eine Bar, arbeiteten wie verrückt. Dann der Herzinfarkt. Ich war gerade in den USA. Aber Papa schuftete weiter. Bluthochdruck, Arthrose, Bypass. Mama beklagte sich, dass die jungen Leute von der Disko in ihr Rosenbeet pinkeln. Immer öfter hat sie darin gebrauchte Kondome gefunden, immer öfter musste sie frische oder festgetrocknete Kotze wegkehren. „Tu halt ein paar fleischfressende Pflanzen zwischen die Rosen", hat mein Vater gesagt, „dann hört si des Reinpieseln von selbst auf." Er hat es witzig gemeint, aber irgendetwas Schlimmes war in das Haus eingezogen. Ich wollte, dass sie aufhören, dass sie alles verkaufen und sich einen schönen Lebensabend machen. „Das Haus ist doch ein Monster! Irgendwann frisst es euch auf!" – „Du spinnst ja", flüsterte meine Mutter und lief mit Tränen in den Augen zu ihren Rosen; Papa sah schweigend zur neuen Schankanlage.

Es kam tatsächlich so: Das Monster fraß sie auf – aber anders, als ich gemeint hatte.

Jetzt stehe ich vor der Küchentür.

Ich muss hineingehen!

Ein letztes Mal.

Es ist dunkel. Draußen die Kastanien im Dämmerlicht, wie tanzende Geister. Ich schalte die Taschenlampe an. Die Fliesen sind abgewetzt von den vielen Kilometern, die auf ihnen zurückgelegt wurden, beladen mit Speisen und Sorgen. Ich lasse den Lichtkegel herumschweifen.

Die beiden roten Stellen sind noch da, man hat sie nicht beseitigt. Nur vom Boden hat man die Lachen aufgewischt.

Papa war die Zuverlässigkeit in Person. Nie hat er vergessen, abzusperren, wenn der letzte Gast das Haus verlassen hat.

Nur an diesem Abend.

Es war gar nicht viel in der Kasse.

Sie hätten sich nicht wehren dürfen!

Aber aufgeben, das konnten sie nicht.

Ich schütte den Rest des Eimers aus.

So viel Verlust!

Die Erinnerungen wachsen mit der Entfernung ins Unerträgliche.

Ich zünde das Streichholz an.

XI

OPA

„Und was ist mit Opa?" –
Jedes Jahr an Allerheiligen, wenn ich mit meinen Eltern ans
Familiengrab ging, stellte ich die gleiche Frage. Meine Mutter
betete, mein Vater betrachtete die Kieselsteine auf dem Boden,
und ich stellte Fragen, die nicht beantwortet wurden.

„Irmgard Schütz, geb. 12. 5. 1916, gest. 17. 8. 1943" stand in
verblasster Gravur auf dem Grabstein, und meine Eltern erzähl-
ten mir, dass meine Großmutter bei einem Luftangriff ums
Leben gekommen war.

„Aber wo ist Opa?"
Meine Mutter betete weiter, und mein Vater zählte die Kieselsteine.

Das Einzige, was sie mir später einmal sagten, war, dass Opa
ein schlechter Mensch gewesen sei. Dass er, als der Krieg vorbei
war, nach Russland gegangen ist und seine Kinder allein gelassen hat. Mehr wollten sie mir nicht verraten. „Über schlechte
Menschen spricht man nicht", sagte meine Mutter und sah dabei
sehr traurig aus.

Seit etwa sechs Jahren mache ich in meiner Freizeit, außer ab
und an zu joggen, nichts anderes, als nach meinem Großvater zu
forschen.

Mit der Arbeit bin ich in der Regel um fünf fertig, nur nicht
am Donnerstag, da hat die Bibliothek bis 19 Uhr geöffnet. Wenn
ich nach Hause komme – ich wohne gleich um die Ecke am
Ölberg –, dann beginnt am späten Abend meine zweite Arbeit:
Ich recherchiere im Internet, schreibe Gesuche, blättere in
Büchern oder male mir aus, wie sein Leben gewesen sein könnte.
Mein Job als Bibliothekar kommt mir bei meinen Forschungen

sehr zugute, über die Bücherei kann ich ohne Probleme Spezialliteratur aus ganz Europa beziehen und sie, wenn nichts zu tun ist, gleich nach neuen Informationen durchschauen. Acht große Leitzordner mit Kopien und Exzerpten habe ich bereits bei mir im Schrank stehen. Mitschriften von Gesprächen sind auch dabei. Ja, von Gesprächen! Vor 15 Monaten habe ich einen Mitarbeiter von damals, der mittlerweile in Gelsenkirchen im Altersheim wohnt, besucht und ausgefragt.

Das sind meine Ergebnisse:

Mein Großvater Konrad Georg Schütz ist am 5. September 1914 in Traunstein geboren.

Am gleichen Tag begann an der Westfront die Marneschlacht.

Seine Eltern hatten einen Schusterladen auf dem Traunsteiner Marktplatz, gleich neben der Oswaldkirche. Sie waren alles andere als reich, und besonders viel Glück scheinen sie auch nicht gehabt zu haben: In dem Sparbuch, das sich nur deswegen

erhalten hat, weil meine Mutter es viel später zum Zeichenblock umfunktioniert hat, stehen für den 31. Juli 1922 6237 Reichsmark auf der Habenseite; für dieses Geld konnten sich meine Urgroßeltern zwölf Monate später während der großen Inflation gerade mal zwei Kilo Brot oder einen Kübel Kohle kaufen. Besonders gut scheint es der Familie auch später nicht gegangen zu sein; der Laden, der in einer Traunsteiner Stadtchronik abgebildet ist, war eng und altmodisch, der Putz bröckelte überall herab, für einen Angestellten war weder Platz noch Geld vorhanden, und die kleine Wohnung über dem Geschäft sieht auf dem Schwarz-Weiß-Bild aus dem Jahr 1928 ziemlich renovierungsbedürftig aus.

Trotz allem ermöglichten meine Traunsteiner Urgroßeltern ihrem Sohn – er war untypischerweise das einzige Kind geblieben – etwas, was für kleine Landbürger ebenso untypisch war, nämlich eine höhere Schulbildung. Anscheinend haben sie alles dafür getan, um ihrem Sohn ein besseres Leben zu ermöglichen.

Gleich zu Beginn meiner Suche habe ich ein altes Schulphoto von der Traunsteiner Volksschule ausfindig machen können, auf die mein Großvater gegangen war: 72 Schüler sieht man darauf, angeordnet in fünf langen Reihen; mein Großvater steht in der vorletzten Reihe ganz links außen, dunkelhaarig und unscheinbar, die Schulmütze fast ganz über die schwarzen Augen gezogen, ein wenig geistesabwesend. Normalerweise gingen die Jungen in dieser Zeit bis zum 14. oder 15. Lebensjahr in die Schule und halfen dann daheim mit, in der Werkstube, im Laden oder auf dem Feld. Bei meinem Großvater war es anders. Er ist 1929 an das neugegründete Studienseminar in Traunstein gekommen – offenbar wollte oder sollte er Priester werden. Oder aber sein Vater hat eingesehen, dass sein Sohn zu schlau war fürs Handlangen und Ausbessern von Haferlschuhen. Sein erstes Schulzeugnis habe ich in einem vermoderten Schrank auf dem Dachboden des Traunsteiner Studienseminars entdeckt, eine beinahe durchsichtige Kopie in altdeutscher Schrift. Mein Großvater hatte überall ein „mittelmäßig" – bis auf das Fach Rechnen: Hier hatte er „sehr gut"!

Ich habe einige psychologische Bücher gelesen; zwischenzeitlich habe ich geglaubt, mein Großvater hätte das Asperger Syndrom gehabt, so wie der verrückt-geniale Schachspieler Bobby Fischer, der den Holocaust geleugnet und die Terroranschläge vom 11. September als „wundervolles Ereignis" bezeichnet hat. Menschen mit dieser Krankheit sind in einem speziellen Bereich übermäßig interessiert und begabt, in vielen anderen aber, vor allem in menschlichen, sind sie ohne Gefühl und Wärme. „Beeinträchtigt ist vor allem die Fähigkeit, nonverbale emotionale Signale bei anderen Menschen intuitiv zu erkennen", heißt es in einem Lexikon. Das Wort „Gefühlsmonster" ist mir damals durch den Kopf gegangen.

Heute weiß ich, dass ich mir diese Theorie nur deswegen zurechtgelegt habe, weil sie eine gute Entschuldigung abgab für das, was mein Großvater getan hat.

Mein Großvater ist nicht Priester geworden. In diesem Punkt muss ich ihm dankbar sein, denn sonst gäbe es uns wohl nicht, meine Mutter, meinen Onkel und mich. Er hat zwar in München das Theologiestudium angefangen, im Mai 1932. Aber ein Semester später wechselte er an die Technische Hochschule, wo er Mathematik und technische Physik studierte.

Viel habe ich für diese Zeit nicht herausgefunden. Im Oktober 1935 ist mein Großvater der NSDAP beigetreten, wahrscheinlich im Zusammenhang mit seiner Promotion. Die machte er im Januar 1936. Im Universitätsarchiv habe ich seine Promotionsurkunde gefunden: „Summa cum laude"! Das etwas sperrige Thema lautet: „Praktisch-physikalische Experimente für die Optimierung der Übertragungswerte in der modernen Funk-

und Nachrichtentechnik". Ich habe seine Doktorarbeit gelesen, aber nur sehr wenig davon verstanden. Im Hauptteil geht es um das Problem, Flugzeugen auch bei Nacht und Nebel eine möglichst exakte Ansteuerung eines Zielflughafens zu ermöglichen, und zwar mithilfe von Funkwellen. Der Rest sind Formeln, Versuchsbeschreibungen und Konstruktionsskizzen, genauso undurchsichtig und rätselhaft wie mein Großvater selbst. Erst später habe ich erkannt, dass das, was er hier gemacht hat, zu Hitlers Aufrüstungsplänen gehörte: Städte präzise anzufliegen, um Bomben abzuwerfen, war kriegswichtig! Ob er sich dessen bewusst war, kann ich nicht sagen. Ich glaube, es war ihm gleichgültig. Ich glaube, das Einzige, was ihn interessiert hat, waren Zahlen und Geräte. Joachim, sein späterer Schwager, hat mir einmal gesagt, für die Hochzeitsreise auf einem KdF-Dampfer habe mein Großvater einen großen Koffer mit Drähten, Zeigern und Gehäusen an Bord geschleppt und einen kleinen mit Kleidung und Rasierzeug …

Meine Großmutter hat er in Berlin kennengelernt. Hier wurde er nach der Promotion 1936 vom berüchtigten „Fernsehsender Paul Nipkow" angestellt, um für die Olympischen Spiele die UKW-Übertragung zu verbessern. In einer vergilbten Personalliste aus dem Jahr 1937, die ich in einem Moskauer Archiv gefunden habe, steht sein Name schreibmaschinenblau unter der Rubrik: „Sende- und Empfangstechnik Berlin-Charlottenburg 1".

Bis zu diesem Zeitpunkt hatte ich nicht gewusst, dass die Nazis bereits einen Fernsehsender hatten. Allerdings konnte man die Sendungen (später wurden auch Filme und Unterhaltungsserien übertragen) nur in den Fernsehstuben im Umkreis von Berlin sehen – oder wenn man eine Nazi-Größe war und sich die nicht gerade billigen „Telefunken-Fernsehempfänger" leisten konnte.

Für die Olympischen Spiele hat man eine große Menge von Technikern benötigt. Aus ganz Deutschland hat man Mitarbeiter angeheuert, hunderte von Universitätsabsolventen sind auf diese Weise zu einem Job gekommen. Es war aber nicht nur historischer Zufall, dass ein armer Schustersohn aus der Provinz in Goebbels teuflischer Lügenmaschinerie mitwirken durfte. Dr. Konrad Schütz war wohl wirklich einer der besten, und von den Möglichkeiten, welche die Nazis Wissenschaftlern boten, muss er angelockt worden sein wie die Wespen vom Apfelkompott.

Als ich das alles herausfand, wollte ich zuerst daran glauben, meinem Großvater sei es vielleicht um etwas Idealistisches gegangen, um den Fortschritt der Menschheit und die Begeisterung der Zuschauer – selbst das Ausland hatte sich ja von den Nazis täuschen lassen, sogar die französischen Olympioniken verrichteten beim Einmarsch ins Stadion den Hitlergruß. Später wurde mir dann klar, dass es ihm um nichts anderes ging als um ein möglichst flimmerfreies Übertragungsbild.

Meine Großmutter war, das hat mir ihr Bruder Joachim erzählt, eine hübsche kleine Fließbandarbeiterin, die mit dem Zusammenstecken von Rundfunkröhren ihre paar Reichsmark verdiente und abends gerne ins Kino ging. Wie sich meine Großeltern kennengelernt haben, wusste selbst Joachim nicht. Vielleicht begegnete man sich im Lichtspielhaus, vielleicht besuchte mein Großvater eines Tages die Firma, in der sie arbeitete, vielleicht brachte meine Großmutter irgendetwas beim Sender vorbei. Vielleicht saß man sich zufällig in der Kantine gegenüber, vielleicht rempelte man sich aus Versehen auf dem Gang. Das scheint mir das Wahrscheinlichste: Mein Großvater, in Gedanken an seine Drähte und Funktionen, huscht durch eine Glastür und stößt dabei meiner Großmutter ein Paket mit Rundfunkröhren aus der Hand, die sie in den Sender tragen musste, da der Laufbursche gerade krank war.

Sicherlich hat er ihr gleich auf Anhieb gefallen. Leider habe ich kein Photo von ihm – meine Mutter hat in den 50ern alles, was an ihn erinnerte, verbrannt, nachdem sie die Hoffnung aufgegeben hatte, dass er jemals wieder zurückkommen würde. Auch sonst habe ich kein Bild gefunden, aber ich stelle mir vor, er war groß, dunkelhaarig und distanziert. Manchen Frauen scheint es ja zu gefallen, wenn Männer desinteressiert und kalt wirken. Ich glaube, die Liebe ist von ihr ausgegangen, und er hat sie über sich ergehen lassen. „Das Einzige, was er wirklich liebte", sagte Joachim jedes Mal, wenn ich mit ihm darüber sprach, „war seine Physik. Für die hätte er alles getan!"

Das hat er auch. 1938 wechselte Großvater nach Regensburg zur Messerschmitt GmbH. „Obwohl Irmgard lieber in Berlin geblieben wär'", wie Joachim sagte. Hitler plante Krieg und wollte eine schlagkräftige Luftwaffe haben. Dazu benötigte man Flugzeuge, die die feindlichen Städte auch in der Nacht anfliegen konnten. Mein Großvater wurde von Professor Messerschmitt und Theo Croneiß, dem Direktor der Messerschmitt GmbH, zum „leitenden Funkingenieur" ernannt und damit beauftragt, das sogenannte „Knickebein-Verfahren" von Telefunken für die Messerschmitt-Flugzeuge weiterzuentwickeln. Diese Technik funktionierte so, dass ein Flugzeug mithilfe eines Funkleitstrahls auch ohne Sicht ins Feindesland fliegen und den genauen Abwurfort mithilfe eines zweiten Funkstrahls, der den ersten kreuzte, anpeilen konnte. Bei einer Kampfentfernung von 250 Kilometern ergab sich dabei ein Abwurfkreis von zirka 1500 Metern.

Den Briefwechsel zwischen Direktor Croneiß und dem Generalluftzeugmeister Ernst Udet – Vorbild für Zuckmayers „Des Teufels General" und enger Freund von Heinz Rühmann – habe ich vor zwei Jahren im National-Archiv in Washington gefunden. In der Anweisung Udets vom 25.2.1939 steht Folgendes: *„Es sei Ihr vordringlichstes Ziel, die Funkübertragung bei den Messerschmitt-Maschinen Bf 109E, Bf 110 und 210 noch exakter auf Anzeige zu bringen. Das notwendige Personal wird Ihnen zur Verfügung gestellt, als leitender Funkingenieur wird Dr. Konrad Schütz von der Firma Telefunken abberufen. Wenn uns der Himmel gehört, gehört uns die Welt! Heil Hitler."*

Wie es sich für einen treuen Befehlsempfänger gehört, ist meinem Großvater bereits im August 1939, also kurz vor Kriegsausbruch, eine entsprechende Erfindung gelungen: das sogenannte Ellenbogen-Element. Durch ein zusätzliches Zwischenstück im Demodulator des Funklandegeräts hat er es geschafft, die störenden Funkinterferenzen so stark zu reduzieren, dass sich die Anfluggenauigkeit um bis zu 25 Prozent erhöhte. Nun konnten die Bomben noch präziser über dem Zentrum einer Stadt abgeworfen werden; das Problem, dass ein Kampfflieger sein Ziel völlig verfehlte und die tödliche Fracht – so wie es im Spanischen Bürgerkrieg öfter vorkam – versehentlich über unbewohntem Gebiet ablud, war nun weitgehend behoben. Diese neue Modulation wurde in den folgenden Monaten auf die Geräte der Firmen Telefunken, AEG, Lorenz und Bosch übertragen und in die Kampfflugzeuge eingebaut. In einem einschlägigen Handbuch für historische Luftkriegstechnik erscheint auch der Name meines Großvaters. Unter einer komplizierten technischen Skizze steht: „Schaltung für das Anzeigegerät AFN 2, basierend auf dem vom Dr. Konrad Schütz präzisierten Funkzielgerät FuBl 1 aus dem Jahr 1939."

In dem Washingtoner Archiv befinden sich außerdem die Dienstpläne aller Werksingenieure aus den Jahren 1936 bis 1943. Auch mein Großvater ist hier aufgeführt. Seine regulären Dienste sind mit Schreibmaschine eingetragen (Montag bis Samstag von 7 Uhr bis 18 Uhr), Überstunden sind feinsäuberlich mit Bleistift unter die Tabelle geschrieben, immer mit derselben Unterschrift: der meines Großvaters! In diesem Archiv habe ich zum ersten Mal seine Handschrift gesehen! Wenn es die eines anderen wäre, würde ich sie als schön bezeichnen.

Aus den Dienstplänen geht hervor, dass mein Großvater ein Workaholic gewesen sein muss. Im Durchschnitt hat er pro Tag drei Stunden und vierundzwanzig Minuten länger gearbeitet, und manchmal verließ er das Konstrukteursbüro erst um zehn oder elf Uhr. In den beiden Jahren '39 und '40 hat er keinen Urlaub in Anspruch genommen, nur einmal war ein Tag mit einem Bleistiftkreuz durchgestrichen. Das war der 8. Oktober 1940 – der Tag, an dem meine Mutter zur Welt kam. Am darauffolgenden Mittwoch arbeitete mein Großvater von sieben Uhr bis um 22.15 Uhr, am Donnerstag von sieben bis 21.55 Uhr, am Freitag von halb sieben bis zehn.

In der Nacht vom 14. auf den 15. November 1940 griffen die Luftflotte 3 und die Kampfgruppe 100 der deutschen Luftwaffe mit 515 Flugzeugen die englische Stadt Coventry an. Dabei wurden drei Viertel der Industrieanlagen, 4000 Wohnungen, zwei Krankenhäuser, zwei Kirchen, eine Polizeistation und eine Kathedrale zerstört. 568 Menschen kamen in dieser Nacht ums Leben, mindestens 1000 Menschen wurden verletzt. Dem Angriff gaben die Nazis den poetischen Namen „Unternehmen Mondscheinsonate".

An diesem 14. November arbeitete mein Großvater laut Bleistifteintrag von sechs bis 23 Uhr, am 15. November von sieben bis 22.30 Uhr.

Hatte er Gewissensbisse?

Überdeckte er mit der Arbeitswut seine Schuldgefühle?

Wolfram Rehlicke, ein sogenannter Einflieger (heute würde man Testpilot sagen), überlebte den Krieg, weil ihm 1941 nach einem Unfall mit einer Bf 109 F-1 der rechte Unterschenkel amputiert werden musste. Rehlicke wohnt heute in Gelsenkirchen. Vor ein paar Monaten habe ich ihn ausfindig gemacht, als letzten Überlebenden des Dienstplans. In seinem Altersheim sagte er mir bei Kaffee und Kuchen, meinem Großvater seien niemals irgendwelche Gefühle anzusehen gewesen. „Nach Coventry hat er weitergearbeitet, als ob nix gewesen wär. Dabei hätt' er sich doch mal 'nen Tach freinehmen können nach dem großen Erfolg. Nich' ma gefreut hat er sich, hat nur an einer neuen Leitstrahlausrichtung getüftelt. Der war immer der letzte, der das Büro verlassen hat. Is' ja Ihr Großvater, aber wenn Se mich fragen, war er n' komischer Kauz. Hat nie was geredet, und wenn, dann immer übers Funken, da war er ganz verrückt nach. Einmal is' er sogar selbst geflogen, obwohl er gar keinen Pilotenschein hatte. Nur um eine neue Einstellung auszuprobieren. Das hätt' bös ins Auge gehn können, aber ich glaub' fast, ihm wär's egal gewesen, wenn er abgestürzt wär'. Dabei isser damals gerade Vater geworden!"

Herr Rehlicke war redselig. Ich habe alles, was er mir erzählte, mit einem Diktiergerät aufgenommen. Die Nazis seien schlimm gewesen, das sei eine Tatsache, aber sie hätten auch viel getan für die Leute. Er selbst zum Beispiel habe nach der Entlassung aus dem Hospital für die Messerschmitt-Werke weiterarbeiten dürfen, als technischer Gehilfe. „Man hat eben zusammengehalten, damals …", sagte er und deutete auf seinen Beinstumpf. „Die hätten mich Krüppel auch abservieren können." Beinahe hätte ich gesagt, mit anderen Krüppeln haben die das auch gemacht, aber alte Männer soll man nicht unterbrechen. Rehlicke erzählte, dass er meinem Großvater ein paar Mal begegnet ist, zum Beispiel in der Werkskantine, oder wenn er einsprang für einen, „den se an die Front geschickt ham".

Mein Großvater soll mit allem sehr vorsichtig gewesen sein, regelrecht argwöhnisch. Angeblich hatte er Angst, es könne ein Spion unter seinen Beschäftigten sein, der Geheimnisse an die Briten weitergab oder eine neue Konstruktion sabotierte. „Das war seine größte Sorge", ertönt die Stimme des alten Mannes aus dem Diktiergerät. „War natürlich totaler Quatsch! Warn ja nur lauter Vollblut-Nazis da oder Zwangsarbeiter aus Russland oder vom KZ. Und die hatten ganz andere Probleme gehabt."

Einmal war Rehlicke dabei, als mein Großvater in einer Werkshalle den Einbau des neuen Auswertgeräts für den Funkstrahl überwachte. „Da war er nervös wie'n junger Messdiener", sagte Rehlicke. Die Engländer entwickelten gegen das Anflugsystem der Deutschen immer bessere Störtechniken, die deutschen Ingenieure gerieten in Zugzwang und mussten sich immer neue Modifizierungen ausdenken; zum Beispiel versuchten sie, den Leitstrahl zu tarnen, um zu verhindern, dass die britischen Flieger den deutschen bereits beim Anflug auflauerten. Der Druck war extrem, und während mein Großvater die Installation des Auswertgeräts überwachte, bemerkte er, dass ein russischer Zwangsarbeiter, der den Motor der Maschine säubern sollte, einem anderen heimlich etwas zusteckte. Mein Großvater witterte sofort Verrat, stürmte völlig außer sich auf die zwei Russen zu und forderte sie auf, den Gegenstand herauszugeben. Laut Rehlicke wurden die beiden kreidebleich, was meinen Großvater in seinem Verdacht bestärkte. „Total ausgeflippt is' der, so hat man den noch nie gesehn!", sagte Rehlicke. Die Schutzmannschaft wurde alarmiert, die beiden Russen wurden aufgegriffen und mit Knüppeln zusammengeschlagen. Der ominöse Gegenstand stellte sich als steinharte, schimmelige Scheibe Brot heraus, die der Russe für seinen Mithäftling aus einer Mülltonne gekramt hatte. Ein paar Minuten später hallten zwei Schüsse über das Werksgelände. Am nächsten Tag putzten zwei andere Russen den Motor, und mein Großvater überwachte die Installationen, als ob nichts gewesen wäre. Allerdings war er laut seinem Dienstplan in der Woche darauf das erste Mal krankgemeldet, für zwei Tage. Ich glaube aber nicht, dass dies mit den erschossenen Russen zusammenhängt. „Die wären über kurz oder lang sowieso draufgegangen", sagte Rehlicke.

Das war im Jahr 1943, kurz nach Stalingrad.

Im Juni kam dann ein Sohn zur Welt, mein Onkel Albert.

„Ihren Großvater hab' ich nich' mehr sehr oft getroffen", sagte Rehlicke. „Das Einzige, was man von ihm gesehen hat, war das Licht in seinem Büro. Das brannte schon, wenn ich um sieben aufs Gelände kam. Manche ham geglaubt, er übernachtet dort.

Im Juli '43 bin ich dann zurück nach Gelsenkirchen. Da hab ich ganz schönes Glück gehabt …"

Am 17. August führten die Amerikaner die Operation Double Strike durch. 146 Bomber vom Typ Boeing B-17 hoben um sieben Uhr Ortszeit in England ab. Um 12.24 Uhr wurde in Regensburg Luftalarm gegeben. Um 12.35 Uhr schoss bei Hemau eine Bf 109-G6 von der Industrieschutzstaffel eine B-17 ab. Um 12.42 Uhr wurden über Regensburg-Prüfening die ersten Bomben abgeworfen, insgesamt waren es 971 Sprengbomben zu je 227 kg sowie 448 Brandbomben zu je 112 kg. 70 Prozent davon trafen das Werksgelände und den Flugplatz. Die Explosionen sollen noch im hundert Kilometer entfernten Bayerischen Wald zu hören gewesen sein.

Die Amerikaner verloren an diesem Tag 60 Bomber und 600 Mann Flugpersonal. Auf deutscher Seite starben etwa 400 Menschen, darunter 91 Lehrlinge und zahlreiche russische Gefangene.

Und meine Großmutter.

Sie hatte Großvater mit dem Fahrrad etwas vorbeigebracht, wahrscheinlich irgendeinen Apparat oder eine Skizze, die er daheim vergessen hatte. Auf ihrem Rückweg nach Hause begannen plötzlich die Sirenen zu heulen. Es wurden die Tore geschlossen, und niemand durfte das Werk verlassen. Meine Großmutter hat einen der Luftschutzräume aufgesucht. Das waren mit Beton verstärkte Keller, die vor allem dazu dienten, sich einigermaßen sicher zu fühlen – bei einem Volltreffer boten sie so gut wie keinen Schutz.

Die Todesanzeige im „Regensburger Kurier" erschien zwei Tage später: „† Irmgard Schütz, geb. Rohloff, tragisch umgekommen mit 27 Jahren bei dem heimtückischen Terrorangriff am 17. August 1943. Sie hinterlässt ihren tieftrauernden Mann Konrad mit zwei kleinen Kindern. Beerdigung Mi. 19. August, 15 Uhr ab kath. Friedhof; Gottesdienst Do. 20. August, um 8 Uhr in Niedermünster."

Ungefähr zwei Jahre habe ich gebraucht, um herauszufinden, wie das Leben meines Großvaters nach dem 17. August 1943 verlaufen ist.

Die beiden kleinen Kinder kamen nach dem Tod ihrer Mutter zu Herbert und Amalie Schütz, meinen Urgroßeltern aus Traunstein. Diese waren, nachdem sie ihren baufälligen Schusterladen aufgegeben hatten, nach Regensburg in das Haus gezogen, das man meinem Großvater wegen seiner „volkswichtigen Dienste" verbilligt zur Verfügung gestellt hatte. In diesem Haus in der sogenannten Messerschmitt-Siedlung am Ziegetsberg kümmerten sie sich um meine Mutter und meinen Onkel, die es ihr Leben lang nicht verwunden haben, dass sie von ihrem Vater allein gelassen wurden. Zweimal hat er sie noch besucht – beim ersten Mal, um Pläne und Geräte für seine neue Aufgabe abzuholen, beim zweiten Mal, um für immer zu verschwinden.

Am 17. und 18. August 1943 wurde im Rahmen der „Operation Hydra" auch die „Heeresversuchsanstalt Peenemünde" an der Ostsee angegriffen. Dort wurden Hitlers berüchtigte Vergeltungswaffen konstruiert und getestet, insbesondere die sogenannte „V2", die eigentlich „A4" hieß. Bei dem Luftschlag der Briten wurden 64 Zwangsarbeiter getötet sowie mehrere Zivilisten und Techniker, unter anderem der Radioingenieur Gustav Schönlebe aus Hannover. Man benötigte also einen neuen Mann für den Funk, und Helmut Gröttrup, Chefassistent für die Lenk- und Steuersysteme, holte meinen Großvater nach Peenemünde. Welch ein Aufstieg für einen oberbayerischen Schustersohn! Konrad Schütz aus Traunstein arbeitete nun für eines der fortschrittlichsten Forschungsprogramme der Welt. Und für eines der schlimmsten!

In diesen Tagen trat mein Großvater in die SS ein, die von Himmler höchstpersönlich unterschriebene Aufnahmeurkunde datiert vom 30.9.1943. Es ist anzunehmen, dass dieser Schritt lediglich pro forma erfolgte. Aber mein Großvater trug nun den

Totenkopf über der Stirn! Nur damit er an seinen Geräten weiterbasteln konnte!

In Peenemünde war er als Assistent Gröttrups für die Funkkontrolle der „A4" zuständig. Es ging darum, die Rakete möglichst präzise ins Feindesland zu schießen, um möglichst viel Schaden anzurichten. Außerdem war mein Großvater damit beschäftigt, eine Fernsehübertragung vom Start der „A4" zu entwickeln. Und er war verantwortlich für die „rücksichtslose Bekämpfung von Sabotageakten". Man hat wohl gewusst, dass er eine extreme Angst davor hatte, jemand könne seine Funkapparate sabotieren; so wie ein kleiner Junge Angst davor hat, dass seine eben errichtete Sandburg zertreten werden könnte. In seiner neuen Aufgabe arbeitete mein Großvater übrigens mit dem Obersten Bauleiter der Versuchsanstalt zusammen, dem späteren Bundespräsidenten Heinrich Lübke. Das geht erstmals aus dem „Bestellschein für Funkkabel und -gehäuse" vom 19. Oktober 1943 hervor, der von beiden unterschrieben war.

Am 16. Dezember 1944 schlug eine „A4"-Rakete in Antwerpen in das vollbesetzte „Rex"-Kino ein und tötete 567 Menschen. Allein auf London gab es 1358 sogenannte „Vergeltungsschläge". In einem Handbuch habe ich ein Bild von einem US-Soldaten gesehen, der am 27. November 1944 bei einem weiteren Angriff auf Antwerpen getötet wurde. Verkohlt und zur Hälfte verbrannt liegt er auf dem Boden, ein paar Meter vor einem Lastwagen, aus dem er sich noch herausretten konnte, bevor er gestorben ist. Von seinem Rücken steigt Rauch auf, im Innern des Fahrzeugs und an den Reifen lodern ein paar Flammen, zwei Soldaten gehen rasch vorbei, sie wirken nicht besonders beeindruckt.

Insgesamt fanden etwa 3200 Raketen ihr Ziel, ungefähr 8000 Menschen kamen dabei ums Leben. Und dennoch – ich empfinde beim Betrachten der alten Filmaufnahmen von aufsteigenden „A4"-Raketen immer noch eine Art von grauenhafter

Faszination: So genial ist der Mensch und gleichzeitig so brutal. So brillant war mein Großvater und gleichzeitig so niederträchtig. Dass man auch mit der „Vergeltungswaffe" den Krieg nicht mehr gewinnen konnte, wusste jeder, der daran mitarbeitete.

Warum hat er sich nicht mit Ekel abgewendet von diesem Morden aus der Ferne? Warum ist er bis zum bitteren Ende in Peenemünde geblieben, hat die Funkpeilung optimiert, Kreiselgeräte verfeinert, Anflugkurven stabilisiert und Empfangsgeräte entworfen? Haben ihn die vielen technischen Pionierleistungen tatsächlich so blind gemacht? Das erste menschliche Objekt im Weltall! Das schnellste Flugzeug der Menschheit! Die erste Fernsehübertragung eines Raketenstarts! Oder hatte er Rachegefühle wegen des Todes seiner Frau? Dass er ein treuer Nazi war, glaube ich nicht. Am 13. März 1944 ist er von der Gestapo verhaftet worden, zusammen mit Wernher von Braun, Helmut Gröttrup und anderen Ingenieuren. Von Verleumdern wurde ihnen vorgeworfen, bei den technischen Neuerungen mehr die bemannte Raumfahrt ihm Auge zu haben als die Entwicklung einer tauglichen Kriegswaffe. „Rüstungssabotage" steht in den Akten.

Mein Großvater als Saboteur?

Eigentlich undenkbar!

Nachdem ich es aber zum ersten Mal gelesen hatte, entstand in mir ein Gefühl, das man vielleicht sogar als Stolz bezeichnen könnte. Möglicherweise war er ja doch nicht so gewissenlos und verblendet, wie ich ihn mir zurechtgeforscht habe!

Schon ein paar Wochen später habe ich im Nachlass meines Onkels Albert etwas gefunden, was mich meine verstohlene Sympathie schnell wieder vergessen ließ.

Mein Onkel Albert wuchs gemeinsam mit meiner Mutter in Regensburg auf. Während sie von dieser Stadt niemals weggekommen ist, soll er schon mit 17 Jahren Reißaus genommen haben. Angeblich wollte er sich in Amerika vom Tellerwäscher zum Millionär hocharbeiten, aber daraus ist nichts geworden. Nach einem recht unsteten Leben als Lagerist, Anstreicher und LKW-Fahrer hat er Anfang der 70er in Wisconsin eine kleine Tankstellenkette aufgebaut und sich in Minneapolis niedergelassen. Hier habe ich kurz nach seinem Tod auf dem Dachboden eines Vorstadthäuschens zwischen anderen Relikten seines Lebens eine Ansichtskarte gefunden. Meine Mutter hatte immer erzählt, Onkel Albert habe seinen Vater, den er mit zwei Jahren das letzte Mal gesehen hatte, gehasst wie den Teufel; alles, was irgendwie an ihn erinnerte, habe er später in den Kamin geworfen und angezündet. Von dieser Karte hatte sie nichts gesagt.

Auf der Vorderseite sieht man mehrere bunte Ansichten der Stadt Nordhausen am Südrand des Harzes: ein Panoramabild mit Häusern und Schornsteinen, das Rathaus, die Wilhelmshöhe. Darunter steht in altdeutscher Schrift: „Gruß aus Nordhausen". Auf der Rückseite befindet sich rechts oben der Poststempel vom 4. Oktober 1944. Darunter die Anschrift: „Familie Schütz, Augsburger Straße 15, Regensburg, Bayerische Ostmark". Daneben hat mein Großvater in seiner gestochenen Schrift Folgendes geschrieben: „Liebe Eltern, ich hoffe, es geht Euch gut. Wenn alles gut läuft, kann ich im nächsten oder übernächsten Monat ein oder zwei Tage daheim sein. Sagt Hilde und Albert, dass ich viel an sie denke. Euer Konrad."

Ein Jahr vorher hatten die Nazis nach dem Luftschlag gegen Peenemünde die Produktion der „A4" unter Tage verlagert, und zwar an den Südhang des Kohnsteins bei Nordhausen in Thüringen, wo das Arbeitslager Mittelbau-Dora errichtet wurde. Tausende von Zwangsarbeitern trieben unter fürchterlichsten Bedingungen ein 20 Kilometer langes Stollensystem in den Berg. Zu Beginn gab es weder sanitäre Einrichtungen noch Unterkünfte. Die Häftlinge starben an Typhus, Unterernährung, Entkräftung, Lungenkrankheiten wegen des Staubs. Tag und Nacht wurde gesprengt, gegraben, montiert, geregelter Schlaf war unmöglich. Die Häftlinge wurden nach technischem Können ausgewählt, und das war ihr Verhängnis, denn da sie Einblick in die Konstruktion der Geheimwaffen erhielten, war es erwünscht, dass sie nicht am Leben blieben: Von den über 60 000 eingesetzten Zwangsarbeitern kamen etwa 20 000 um! Die fertiggestellten Raketen wurden auf Schienen aus dem Stollen befördert und an Abschussorte überall im dahinschrumpfenden Naziland verbracht.

Wenn mein Großvater im Oktober 1944 eine Ansichtskarte aus Nordhausen geschrieben hat, dann sicher nicht deswegen, weil er hier seinen Urlaub verlebt hat. Sicher kannte er Mittelbau-Dora. Auch Wernher von Braun war hier mehrmals zugegen und hat das Leid der Häftlinge mit angesehen – auch wenn er später, als er für die NASA arbeitete, nichts mehr davon wissen wollte. Wahrscheinlich hat mein Großvater wegen irgendeiner technischen Nichtigkeit die Produktionsstätten besucht und in einem Nadelstreifenanzug mit Krawatte und Taschentuch den bleichen, Blut spuckenden, zerschundenen Körpern dabei zugesehen, wie sie einen seiner Leitstrahlempfänger in eine Rakete schraubten.

Mein erstes Gefühl war: Schade, dass bei dem Luftangriff auf die Messerschmitt-Werke nicht er gestorben ist! Oder bei seinem blödsinnigen Testflug. Schade, dass man ihn nicht an die Ostfront verlegt hat, um an einem Granatsplitter zu verrecken!

Ich habe dennoch weitergeforscht. Oder gerade deswegen. Ich musste wissen, was er noch alles getan hat, ich musste seine ganze Schlechtigkeit ergründen. – Ich glaube, ich wollte herausfinden, dass ich anders bin als er.

Ich stürzte mich in die Korrespondenz mit Archiven und Museen, in die Lektüre von Fachbüchern über Funktechnik und Nazi-Flugzeuge, ich stöberte in allen Internetforen, die es zu meinem Thema gibt, ich war wie im Fieber und dachte nur noch daran, wie ich an neue Informationen über meinen Großvater kommen könnte. Nach meinem Dienst in der Bibliothek aß ich mit meiner Frau zu Abend, brachte das Kind ins Bett und saß dann bis in die Nacht am Schreibtisch. Sogar die altdeutsche Schrift und Russisch brachte ich mir bei.

Russisch deswegen, weil mein Großvater nach Kriegsende bei den Sowjets anheuerte.

Am 2. Mai 1945 hatte sich Wernher von Braun mit mehreren seiner Mitarbeiter in Oberbayern den Amerikanern gestellt. Mein Großvater war auch dabei gewesen. Vorher hatte er noch bei seiner Familie in Regensburg vorbeigeschaut – meine Mutter war inzwischen drei Jahre alt. Danach stieß er in Oberammergau zu den anderen Peenemündern Ingenieuren, die von den Amerikanern in Gewahrsam genommen wurden. Es gab damals eine wahre Jagd auf deutsche Raketentechniker, die US-Army überführte im Rahmen der Geheimoperation Paperclip zunächst 100 deutsche Wissenschafter und mehrere „A4"-Raketen nach Amerika, um die eigene Forschung voranzutreiben. Dass die betroffenen Personen vielleicht Kriegsverbrecher waren, war den Amerikanern egal – es galt, den Russen zuvorzukommen. Diese demontierten in Peenemünde und Mittelbau-Dora alles, was ihnen die Deutschen und Amerikaner übrig gelassen hatten, unter anderem auch komplizierte Funk- und Radiogeräte für die Raketenfernsteuerung – konstruiert und überwacht von meinem Großvater.

Helmut Gröttrup ging aus irgendeinem Grund nicht nach Amerika, sondern zu den Sowjets. Diese zahlten recht gut und boten den Ingenieuren ausgezeichnete Forschungsbedingungen an. Zunächst arbeitete man in Bleicherode nahe Nordhausen, später wurden die deutschen Techniker (fünf Professoren, 24 Wissenschaftler mit Doktortitel, 100 Ingenieure) in die Sowjetunion gebracht. Der Name meines Großvaters ist der neunte auf einer Liste, auf der auch technische Geräte, Pläne und Entwürfe unter dem Titel „Demontage-Instruktion 12" genauestens vermerkt sind.

Auf dem Raketen-Testgelände in Kapustin Jar mitten in der baumlosen Steppe zwischen Wolga und Kasachstan halfen nun die deutschen Techniker den russischen, aus der deutschen „A4" die russische „R1" zu fabrizieren. Unter der Leitung des genialen Konstrukteurs Sergej Koroljow wurde auf Hochtouren daran gearbeitet, Satelliten und Menschen ins All zu schießen – es galt, den Amerikanern zuvorzukommen. Nachdem man aber das Know-how der Deutschen analysiert hatte, hatte man keine Verwendung mehr für sie, beschäftigte sie nur noch mit Nebenarbeiten und schickte sie 1953 wieder nach Hause.

Mein Großvater jedoch blieb in Kapustin Jar. 1954, kurz nach dem Wunder von Bern, hat er sogar die russische Staatsbürgerschaft angenommen, eine erstaunliche Ehre für einen ehemaligen Nazi und SS-Offizier! Die Russen konnten ihn offensichtlich gebrauchen, sicher imponierte er ihnen mit seinem wortkargen Fleiß und seiner Aufopferung für die Funktechnik.

Anfang der 50er-Jahre ging es in Kapustin Jar vor allem um Höhenforschungsprogramme, bei denen man herausfinden wollte, wie sich ein Raketenflug ins Weltall auf Lebewesen auswirkt. Vor ein paar Monaten bin ich auf einen Bildband gestoßen, der einen wichtigen Bestandteil dieses Programms behandelt: den Einsatz von Hunden als Testpiloten. Im Vorwort heißt es in holpriger Übersetzung: „Der Bildband ist den anmutigen, heldenhaften Hunden gewidmet, die ihren Dienst im Namen des Menschen bei der Aneignung des Luft- und Weltraumes, bei den Flügen mit Flugzeugen und mit Weltraumschiffen geleistet haben." Auf dem Titelbild ist mit großen schwarzen Augen und niedlichen Schlappohren die Hündin Laika zu sehen, das erste Tier, das von einem Menschen in eine Umlaufbahn der Erde befördert wurde. Das war am 3. November 1957 um 2.30 Uhr. Noch am selben Tag, einige Stunden nach dem Start, ist Laika an Überhitzung und Stress gestorben – die Wärmeisolation war fehlerhaft konstruiert. Das hat man in der Sowjetunion jahrzehntelang geheim gehalten. Statt die Wahrheit bekanntzugeben, hat man Laika lieber als Heldin des Kommunismus verehrt, sogar Briefmarken von ihr wurden gedruckt, mit funkelnden roten Sternen im Hintergrund. Nach der Veröffentlichung der wahren Todesursache vor ein paar Jahren hat der russische Techniker Michail Krylow, der damals dabei gewesen war, in einem Fernsehinterview gesagt: *„Ob der Hund in einem Moskauer Winter auf der Straße erfriert oder in einer Raumkapsel an Hitze zugrunde geht, dürfte doch dasselbe sein. Ohne die Hunde hätte es Juri Gagarin als ersten Menschen im Weltall nicht gegeben."*

Beteiligt an diesem Forschungsprogramm war mein Großvater. Er war, ich habe diese Information im originalen Instruktionsplan der russischen Weltraumbehörde für das Jahr 1955 entdeckt, wieder einmal für das Funk- und Übertragungssystem zuständig, und zwar als zweiter Assistent von Fjodor Jernitschew, dem Chefassistenten Sergej Koroljows.

Die Russen holten sich ihre Hunde zunächst von der Straße – streunende Tiere galten als besonders widerstandsfähig – und züchteten dann eine Gruppe von Versuchstieren heran. Die Hunde durften nicht schwerer sein als sechs Kilogramm und nicht höher als 35 Zentimeter, sonst hätten sie nicht in die Raketenkapsel gepasst. Man erfand groteske kosmische Hundekostüme, die Kot und Urin auffingen, damit im schwerelosen Bereich keine Verunreinigungen an den sensiblen Geräten entstehen konnten. Ein wichtiges Ziel war es, die Hunde an die speziellen Verhältnisse eines Raumflugs zu gewöhnen. Dazu wurden sie in Kompressionskammern gesteckt, um zu beobachten, wie sie auf extreme Druckveränderungen reagierten. Man beschoss sie mit ultravioletter, infraroter und radioaktiver Strahlung, man setzte sie übermäßiger Kälte und Hitze aus, man erhöhte oder erniedrigte die Konzentration aller möglichen Gase in der Forschungskapsel. Die Tiere wurden tagelang in eine Versuchskabine eingeschlossen, um sie mit Enge und Isolation vertraut zu machen, man sperrte sie in Gitterkästen, die an Rotoren angebracht waren, und erprobte so die maximale Belastbarkeit bei zentrifugalen Kräften. Manche Hunde wurden aus großer Höhe abgeworfen, um die Lande- und Flugeigenschaften der Rettungskapseln zu testen. Bei einigen Tieren wurde mithilfe von Kompressionsmasken ein Barotrauma der Lungen herbeigeführt und danach die Erholungszeit gemessen. Auf Seite 11 des Bildbandes ist ein Photo abgedruckt, auf dem ein schwarzweißer Mischling mit den Vorderbeinen den Boden entlangkrabbelt, während seine Hinterläufe gelähmt sind; auf Seite 10 ist ein erschöpfter Rüde dargestellt, der mehrere Tage in einem vollgefüllten, durchsichtigen Wasserkasten verbringen musste, damit man seine Vitalfunktionen bei imitierter Schwerelosigkeit untersuchen konnte.

Der Bildband hat den Titel „Den anmutigen ruhmreichen Hunden Laika, Belka, Strelka – für ihre Verdienste bei der Bezwingung des Kosmos zur Erhaltung des Lebens und der Gesundheit der Piloten und Kosmonauten". Auf der letzten Seite steht eine Danksagung des „Präsidenten der Russischen Föderation W. Putin". Die Photos in dem Buch sind erbarmungswürdig! Trauer und Angst liegen in den Augen der Hunde, sie sind umgeben von Kabeln und Messgeräten und zittern davor, was mit ihnen passieren wird. Daneben die Wissenschaftler mit Notizblöcken, weißen Schutzanzügen, dicken Hornbrillen und fachmännischen Mienen.

Wieder einmal gerieten in meinem Kopf zwei entgegengesetzte Gefühle aneinander: das große Mitleid beim Anblick der wehrlosen Kreaturen und der große Hass auf diejenigen, die für dieses Leid verantwortlich sind – der Hass auf meinen Großvater!

Die Hunde, die sich bei den Experimenten als besonders robust erwiesen hatten, wurden anschließend in geophysikalischen Raketen in den blauen Himmel über Kapustin Jar geschossen. Erstmals geschah das am 22. Juli 1951. Die Hunde Zygan und

Desik erreichten auf einer „R1" die Höhe von 100 Kilometern. Sie landeten nach etwa fünfzehn Minuten wohlbehalten in der Rettungskapsel auf der Erde. Lisa und Desik hatten eine Woche später weniger Glück. Nach dem Flug stellte sich beim Öffnen der Kapsel heraus, dass der Luftdruck während des Aufstiegs zu groß gewesen sein muss, die beiden Hunde lagen mit zerplatzten Lungen in ihren Gurten und bluteten aus den Mäulern.

In dem Buch ist auf Seite 15 eine Liste abgedruckt, in der das Datum des Höhenexperiments, der Druck, die Flugdauer, die erreichte Höhe und der Name der Hunde verzeichnet sind. In der letzten Spalte befindet sich die Rubrik „Tod aus technischen Gründen". Von den 37 eingesetzten Tieren sind 15 zum Wohle der Wissenschaft und der Raumfahrt umgekommen. Im russischen Staatsarchiv befinden sich detaillierte medizinische Protokolle, die bis vor kurzem geheim und unzugänglich waren; in ihnen ist die jeweilige Todesursache genau festgehalten: Bei Mischka und Tschischik ist es am 28. August 1951 zur Überhitzung der Raumkapsel aufgrund der hohen Luftreibung gekommen. Ryschik ist am 17. Juli 1954 an einem Blutgerinnsel im Gehirn gestorben, entweder wegen der Druckverhältnisse oder wegen eines fehlerhaften Gasgemischs in der Kapsel. Rita wurde am 25. Januar 1955 ein Kurzschluss bei einem technischen Gerät zum Verhängnis, die Kapsel ist zur Hälfte ausgebrannt.

Mein Russisch ist nicht besonders gut, aber ich glaube, dass es sich bei diesem technischen Gerät um eine Art Funksender für die Fernsehübertragung des Fluges gehandelt hat. Ja, die Hunde wurden bei ihrem Leiden gefilmt! Wahrscheinlich hatte mein Großvater den defekten Sender sogar selbst in der Hand gehalten, bevor er installiert wurde! Im Planerfüllungsschreiben für das Jahr 1954 steht, dass er zum leitenden Ingenieur für die Übertragungstechnik befördert worden ist. Wahrscheinlich hat er sich über seine Fernsehaufnahmen gefreut, selbst wenn darauf ein Hund zu sehen war, der gerade mit dem Tod ringt.

Bis zum Mai 1955 reichen die Informationen, die ich über meinen Großvater zusammengestellt habe. Das letzte, was ich von ihm weiß, ist, dass er in dieser Zeit wegen Planübererfüllung eine Prämie erhalten hat. Wahrscheinlich hat er wieder Tag und Nacht nichts anderes getan, als an seinen Geräten herumzubasteln, diesmal zum Wohle des Sozialismus.

Für die Zeit nach dem Mai 1955 habe ich nichts mehr über ihn herausfinden können. Ich habe monatelang geforscht, aber es ließ sich nichts in Erfahrung bringen. Daran, dass er vielleicht gestorben ist, wollte ich nicht denken. Meine Suche durfte nicht zu Ende sein, ich musste wissen, was er noch alles verbrochen hat, es war wie eine Art von Masochismus! Ich habe eine regelrechte Anfrageflut nach Russland geschickt, an alle Archive, die irgendwie mit raketentechnischen Einrichtungen zusammenhängen, habe ich geschrieben, von einem Übersetzungsbüro habe ich mir die Briefe, die ich selbst verfasst habe, verbessern lassen, um ja keinen Fehler zu machen. Nächtelang habe ich im Internet gesurft und mit Spezialisten und Freaks kommuniziert. Vor zwei Wochen hat meine Frau gesagt, ich sei „entweder süchtig oder verrückt oder beides zusammen". Dann ist sie ohne mich in den Urlaub geflogen. „Mit dir ist ja kein Urlaub möglich, es sei denn in Russland", sagte sie und stieg mit dem Kind ins Taxi. Dreimal bin ich nach Moskau gefahren, um vor Ort zu recherchieren, aber außer einem zerbeulten Kotflügel und einer schweren Grippe habe ich nichts mit nach Hause gebracht. Dabei habe ich nicht wenig Schmiergeld bezahlt, um an Regale und Akten zu gelangen, die normalerweise für Privatpersonen, gerade wenn sie aus dem Westen kommen, tabu sind.

Ich habe mir alle möglichen Gründe für das Verschwinden der Hinweise zusammengereimt; Stalin war 1955 bereits tot, die Säuberungen waren vorbei, aber gefährlich war es nach wie vor in der Sowjetunion, gerade wenn man ehrgeizig, gut und noch dazu Deutscher war.

Gestern lag in meinem Postkasten ein großer Briefumschlag von der „Deutschen Kriegsgräberfürsorge". Ich wusste sofort, worum es sich handelte. In dem Kuvert befanden sich ein Schreiben und ein weiterer Umschlag mit einem Absender namens Anatoli Duwanev aus Baikonur. Der Mitarbeiter der Kriegsgräber teilte mir in seinem Schreiben mit, dass er den Brief aus Russland hiermit an mich weitersendet. „Hoffentlich kann auf diese Weise ein Angehöriger von Ihnen endlich ausfindig gemacht werden." Ich öffnete den Brief des Herrn Duwanev. Er ist kasachischer Beamter und schreibt auf Englisch, dass bei dem Abriss eines ehemaligen KGB-Dienstgebäudes in Baikonur der Keller mit den alten Sowjet-Akten entrümpelt worden sei. Bei dieser Gelegenheit habe man auch die Unterlagen von ehemaligen Häftlingen durchgesehen und geordnet. Da man dabei auf einen Deutschen gestoßen sei, habe man die betreffenden Seiten an das Rote Kreuz in Deutschland geschickt mit der Bitte, sie an noch lebende Angehörige weiterzuleiten.

Mit zitternden Fingern öffnete ich den Umschlag. Ein mit Schreibmaschinenblau betipptes Papier kam zum Vorschein, in der Überschrift stand etwas, das so viel wie „Anklage" heißt. Auf einem anderen Zettel, ebenfalls mit Schreibmaschine beschrieben, stand – ich brauchte dazu das Lexikon – „Verhörprotokoll". Rechts neben der Überschrift war ein Bild von einem Mann: Es war mein Großvater! Mit kurzen, grauen Haaren, schmalem Gesicht und traurigen schwarzen Augen.

Ich meldete mich krank, ließ alles stehen und liegen und machte mich wie ein Besessener daran, die Papiere zu übersetzen.

Gerade bin ich fertig geworden. Fassungslos sitze ich zwischen Buch- und Papierstapeln in meinem Arbeitszimmer. Der Text der Anklageschrift lautet in etwa so:

„Konrad Georg Schütz, geb. 5. September in Traunstein in Deutschland, sowjetischer Staatsbürger seit dem 1. August 1954, angeklagt wegen Sabotage. Dem Volksgenossen Schütz wird zur Last gelegt, bei den staatswichtigen Experimenten mit einer geophysikalischen Rakete in Kapustin Jar zum Schaden des Sozialismus das Versuchstier Ryschaja aus der Raketenkapsel entfernt zu haben. Die Verhandlung

vor dem Armeegericht erfolgt am 20. Juli 1955. Gezeichnet Wladimir Kusmin, Oberst der Roten Armee der Sowjetrepubliken."

Das Verhörprotokoll ist leider unvollständig, Anfang und Ende fehlen, die vorne und hinten betippte Seite stammt aus der Mitte des Verhörs.

Folgendes steht hier geschrieben:

„Oberst: Haben Sie an dem Programm gezweifelt?
Beschuldigter: Nein, ich glaube fest an den Erfolg.
Oberst: Warum haben Sie das Experiment sabotiert?
Beschuldigter antwortet nicht.
Oberst: Warum haben Sie die beiden Hunde ausgetauscht?
Beschuldigter antwortet nicht.
Oberst: Wie haben Sie den lebenden mit dem toten Hund ausgetauscht?
Beschuldigter: Ich habe die Funkverbindung der Raumkapsel mit der Funkverbindung der Simulationskapsel vertauscht. Auf dem Übertragungsschirm in der Leitzentrale war nicht der Hund in der Rakete, sondern der Hund im Simulationsgerät zu sehen.
Oberst: Sie müssen jemanden gehabt haben, der Ihnen dabei geholfen hat.
Beschuldigter: Ich habe ganz alleine gehandelt. Seit meiner Beförderung war die Verkabelung innerhalb der Kapsel ausschließlich meine Angelegenheit.
Oberst: Wieso haben Sie die Hunde vertauscht?
Beschuldigter antwortet nicht.
Oberst: Wie sind Sie genau vorgegangen?
Beschuldigter: Die Hündin Dschoina ist am Tag vorher bei einem Zentrifugalexperiment ums Leben gekommen. Ihre Zwillingsschwester Ryschaia sollte in der Kapsel auf eine Höhe von 300 Kilometern gebracht werden. Ich war mir darüber im Klaren, dass ein Tod der Hündin aufgrund der neu zu testenden Parameter sehr wahrscheinlich sein würde. Ich habe dem Tierwächter aufgetragen, mir die Installation des Hundes zu überlassen. Ich habe die noch

158

lebende Hündin in die Simulationskapsel gesetzt und diese gestartet. Ich habe die Übertragung der Simulation an die Leitzentrale geschaltet und in die Raketenkapsel die tote Hündin gesetzt. Nach fünfzehn Minuten habe ich die Übertragung so unterbrochen, dass eine Störung zu vermuten war. Ich habe die Hündin Ryschaja aus der Simulationskapsel entfernt und in Sicherheit gebracht. Die technischen Offiziere haben geglaubt, sie sei in der Raketenkapsel gestorben, so wie sie es von Anfang an vorausgesehen hatten. Sie haben zunächst nicht bemerkt, dass es der falsche Hund war.

Oberst: Als Wissenschaftler müssen Sie doch gewusst haben, dass man Ihnen auf die Schliche kommt. Sie müssen doch gewusst haben, dass man den Hund eingehend untersuchen wird und dabei feststellt, dass das Tier schon länger tot war. Wieso haben Sie, der Sie alle Annehmlichkeiten des Sozialismus erfahren haben, das Experiment sabotiert?

Beschuldigter antwortet nicht.

Oberst: Sind Sie ein amerikanischer Spion?

Beschuldigter antwortet nicht.

Oberst: Ich frage Sie noch einmal, wieso haben Sie die Hunde vertauscht?

Beschuldigter: Meine Frau wollte immer so einen Hund haben.

Oberst: Ich kann Sie nicht verstehen! Reden Sie lauter!

Beschuldigter: Meine Frau wollte immer so einen Hund haben.

Oberst: Was soll das bedeuten?

Beschuldigter: Meine Frau hat gesagt, ein Hund für die Kinder, das wäre schön. Ein schwarz-weißer mit treuen Augen. Und dann hat sie in einem Korb einen solchen Hund vorbeigebracht bei mir in der Arbeit. Eine große Freude hat sie gehabt. Sie hat gesagt: Eine Familie wie die unsere braucht einen Hund. Dann wollte sie den Hund nach Hause zu den Kindern bringen. Und ein paar Minuten später war der Alarm. Und dann ist sie gestorben. Mit dem Hund.

Oberst: Was hat das alles mit dem Experiment zu tun?

Beschuldigter: Ich wollte nicht, dass Ryschaja tot ist. Ich wollte Ryschaja …"

Hier ist die Seite zu Ende.

Ich werde nicht nach den anderen Seiten forschen.

Auch meine Suche ist nun zu Ende.

Ich betrachte das Bild meines Großvaters, ich schaue ihm in die traurigen, schwarzen Augen. Ich werde meine Frau anrufen und ihr die Übersetzung vorlesen. Ich werde sie fragen, was Opa am Ende der Seite wohl gesagt hat. Vielleicht hat er gesagt: „Ich wollte Ryschaja nach Hause zu meinen Kindern bringen."